死ぬまでにやりたいこと

～浮気夫とすれ違う愛～

ルイス
第三騎士団団長で、アニータの夫。
彼と噂された男女は数知れず。
以前はヤーマン伯爵家に仕えており、
アニータの従者だった。
アニータ
ルイスの妻で、元ヤーマン伯爵令嬢。
伯爵家が取り潰しになった際、
ルイスと結婚した。
今は診療所で
治療魔法師をしている。
Characters
登場人物紹介

マーサ
アニータを慈しんでくれた乳母。
東方の出身。
王家と確執があるようで……？
ミハイル
騎士で、ルイスの浮気相手の一人。
庇護欲を掻きたてる容姿の男性。
ヴィオレット
厳格だが慈悲深い王太子妃。
学生時代はアニータの友人だった。
エイダン
アニータの後輩治療魔法師。
とある理由でアニータを
尊敬している。
ココ
診療所のアニータ専属受付嬢。
子リスのように可愛らしい少女。

プロローグ

今夜の月は満月だ。

窓辺に腰掛け、一人ワイングラスを揺らした。

特別な日に開けようと約束したワインだ。

「フフッ……」

もう四年も前の約束だ。

どうせ彼は覚えていないだろう。

私達が結婚した年の、それなりの値段がつく代物だ。

芳醇な香りが鼻をくすぐる。

一口含むと、独特の酸味や苦味が舌を転がり、鼻に抜けていく。

とても美味しいはずなのに、惨《みじ》めな味がした。

一気にグラスを傾け、中身を水のように流しこむ。食道を焼くようにアルコールが通りすぎるのを感じた。

「ゴホッ、ゴホッ」

突然の刺激に体が驚いたのだろう、思わずむせてしまった。

咳が落ち着いた頃、手の平を見ると真っ赤な血が付いていた。

その血を冷静に見つめ、窓近くに移動させておいたテーブルに手を伸ばしてタオルを取る。血を拭き取り、またそこに戻す。

ゆっくりと月を見上げる。

「今日で十日ね……」

彼が屋敷に帰ってこなくなって。


私はアニータ・ダグラス。二十五歳になる。

七つ年上の第三騎士団長ルイス・ダグラスの妻だ。

十五歳の時、実家のヤーマン伯爵家が没落した。両親が亡くなったので、私は一人市井に下った。

そして、私の従者兼護衛をしていたルイスと結婚した。

『ずっとお慕いしておりました。世界中が貴女の敵になろうと、俺が貴女を守ります。どうかこの先の未来を俺と共に歩んでください』

ヤーマン伯爵領にある、幼い頃よく遊んだシロツメクサが生い茂る丘で、彼は騎士のように跪《ひざまず》き、私の手を取って少し顔を赤らめて告げた。

赤毛で少しゴワゴワした髪が風になびいて、優しく灯る炎のように思えた。

髪と同じ色の瞳は、すべてを包んでくれそうな優しい色をしていた。

『わたくしもずっとルイスが好きでした。残りの人生を貴方と共に歩みたいです』

身分違いで一緒になれないとわかっていても、私は幼い頃からルイスが大好きだった。

彼も同じ気持ちだったと知り、とても嬉しく、二つ返事で結婚を了承したのだ。


あの頃は幸せだったな……

着の身着のままで放り出された私達は、身に付けていた宝石や服を質屋で換金し、王都の外れにあるボロボロの安アパートに身を寄せた。

ルイスに家事全般を教わりながら、必死で平民の生活に慣れようと奮闘したわね。

彼はお金を稼ぐために王国の見習い騎士になって、毎日クタクタになるまで訓練や雑務に追われていたわ。

でも、帰ってくると笑顔で抱きしめてくれた。

『ただいま』

『お帰りなさい』

何気ない会話がどれだけ幸せだったろう。

「お帰りなさい……って、あと何回言えるのかしらね」

答えてはくれない月に、私はポツリと呟いた。

第一章　私の旦那様と私の秘密

――カキンッ！　カキンッ！

剣を切り結ぶ音が、そこら中で響いている。

ここはナイヴィーレル王国の王都にある騎士団の宿舎だ。騎士団の練習場を脇目に、私は外廊下を歩く。

今は第二騎士団の練習時間のようだ。模擬戦をする青い制服の騎士が見える。

第一騎士団は白を基調とした制服を着ている。家柄と実力を認められた者が配属される。王族の護衛である近衛騎士隊も第一騎士団に所属している。

第二騎士団は青を基調とした制服を着ている。業務は治安維持で、王都の警護が基本業務らしい。

第三騎士団は黒を基調とした制服を着ている。魔物討伐などの実働部隊とも言う。

廊下の向こうから黒い制服を着た騎士が歩いてきた。

「こんにちは奥様。団長に御用ですか？」

「ええ。今、執務室にいるかしら？」

「え!?　いらっしゃいますが……今は取りこみ中だと思います。急ぎでないなら三十分後くらいに向かわれたほうがよろしいかと……」

歯切れの悪い返答だ。

大体予想はつくが、心のどこかで『そうではない』と思いたい気持ちがあった。

「あら、忙しいときに来てしまったのね。それなら、休憩所に向かうわ」

「御案内します！」

「大丈夫よ、場所ならわかるわ。貴方も仕事があるでしょう？　気遣ってくれてありがとう」

騎士の方と笑顔で別れ、休憩所には行かずにそのままの足で執務室まで向かった。

自然と足元を見てしまいそうになる。

執務室に近づくにつれて、足取りが重くなる。

第三騎士団専用の建物の二階に足を踏み入れると、不自然なほど誰ともすれ違わなくなった。

嫌な予感がするが、私は確かめないといけないと、自分を奮い立たせて一歩ずつ足を進めた。

そしてどこからか――

「あぁ――!!」

艶っぽい男性の声が響いた。

心臓が握りつぶされるように痛い。

声や物音がするのは、第三騎士団長の執務室からだった。

中にいるのは彼じゃない可能性もあると、往生際の悪いことを考える。

ノックしようか。

それとも覗いてしまえば、もう……踏ん切りがつくかしら。

ぐるぐる考え込んでいると、突然ドアが開いた。

「っ！」

「っ！」

中から出てきたのはルイスだった。彼は私に気づくと、すごい勢いで後ろ手でドアを閉めた。

視界の端で、ソファーに寝転ぶ全裸の男性を確認した。一瞬だけだったが、その男性の体に誰かに噛みつかれた痕が複数箇所あるのが、ハッキリと見えた。

「あっ、アニータ。いつからここに？」

慌てる姿に気持ちが冷めていく。

彼の体から独特な匂いがする。

さっきまで何をしていたのか、簡単に想像できる嫌な匂いだ。

「今来たところよ。着替えを持ってきたの」

私、笑えているかしら……

「君が届けに来るなんて珍しいな」

「えぇ、図書館に行く用事があったからついでにね。ごめんなさい、突然来て迷惑だったわよね」

「迷惑なんて！　アニータなら大歓迎だよ」

否定する姿が、とても嘘臭く見えてしまうのはなぜなのかしら。

「今夜は帰れそう？」

「……すまない。今夜はヴィッセル公爵家の夜会の警護があるんだ。社交シーズンだから、どこも人手が足りないようだ」

『今夜は』ではなく、『今夜も』でしょ。

心の中で悪態をつきながら、笑顔を貼りつける。

社交は春先から初夏にかけて行われる。

春先に行われる王城でのお茶会からはじまり、初夏に開かれる王城での夜会で終わりを告げる。

約一週間前にお茶会があったと、ある男性から聞いた。

ご親切に、ルイスがどこかの夫人を休憩室に案内し、お茶会が終わるまで姿を現さなかったと教えてくれたわ。

「そう。あまり無理をしないでね」

「あぁ、ありがとう」

優しく微笑まれるが、胸がムカムカするし、ズキズキもする。

「それじゃあ、私も仕事が残っているから行くわね」

手に持っていた、替えの服が入った鞄を手渡す。

「職場まで送るよ」

「忙しいのだから、その必要はないわ」

「夜会の警護は夜だから問題ないよ」

「じゃあ、宿舎の出入り口までね」

ここで押し問答してもらちが明かないので、仕方なく折衷案を出した。

「わかった」

嬉しそうに笑い、彼は手を差し出した。とても嫌だったが、私はその手に手を添えた。

普段ならゆっくりと歩きはじめるのに、焦っているからか心なしか乱暴な歩き出しで、歩幅が大きかった。


第三騎士団専用の建物を出た時、不意に視線を感じた。

振り仰ぐと、執務室の窓にこちらを見る人影があった。

ふわふわした金髪と、サファイアブルーの瞳の小柄な美しい男性だ。どこか庇護欲を掻きたてる雰囲気を持っている。

彼は半裸で、体に合わないブカブカのシャツを羽織《はお》っている。そして、こちらを嘲笑っていた。

本当、嫌になるわ。


ルイスとは当たり障りない会話をし、和やかな雰囲気で、騎士の宿舎の出入り口で別れた。

ガラガラと馬車の揺れや音を感じる。

職場には、三十分もかからず到着するだろう。

だから……泣いちゃダメよ。

泣いて目が腫《は》れてしまっては、仕事に支障をきたすわ。

私は腹の奥に力を入れて、込み上げてきた涙を押しこめる。

わかっていたことだ。

ただ……少し期待しただけ。

彼に血を吐いたことを話すか話さないか悩んだ私は、その答えを求めて彼に会いに行ったのだ。

こんな話、彼には迷惑だろうし、同情されるのは虚しく惨《みじ》めだと改めて思った。

「ふぅ～……」

込み上げてきそうな思いを、ため息と共に追い出す。

もう、迷ってはいけない。

◇◇◇

「先生、ありがとうございました」

「先生、バイバイ」

「お大事にね」

松葉杖を突きながら、少年は母親と診療室を退出していった。

私はここ、王都第二診療所に治療魔法師として勤めている。

治療魔法師とは、自分の魔力を患者の体に流して治癒を促進したり、薬を迅速に浸透させたりする治癒魔法の使い手のことだ。

治癒魔法は繊細な魔力操作と豊富な医療知識を必要とするので、担い手は少ない。この診療所には、軽傷者から重傷者までひっきりなしにやってくる。

先程の患者さんは、友人と木登り中に、足を踏み外して転落したらしい。幸いにも左足にヒビが入る程度で済み、後は軽い擦り傷や打撲があっただけだ。

彼は毎日母親と来院し、治療魔法を受けている。治療魔法を施すと骨の癒合が早まり、後遺症もなく治るとあって熱心に通ってくれる。

「次の方～」

声をかけると――

「先生、お疲れ様です。先程の方で最後です」

診療所の受付をしているココが顔を出した。

「ふぅ～……、お疲れ様。遅くまでごめんなさいね」

「まったくですよ！　診療時間を二時間も過ぎているんですからね」

ココは少し小柄な女の子で、茶髪を後ろで一つに結んでいる。

確か十八歳と言っていたかしら。

小動物みたいで可愛いのよね。不貞腐《ふてくさ》れて頬を膨《ふく》らませる顔なんて、子リスそっくりだ。

「フフ」

「もう、笑いごとじゃないんですよ。午前中突然休診にするから、患者さんが溢れかえったんですよ！　他の治療魔法師じゃヤダって我儘言う人も多かったんですからね！」

矢継ぎ早に文句を言ってくる様子が、子犬がキャンキャン吠えているみたいで可愛いと思ってしまう。

そっと、彼女の手に触れる。

「ごめんね、迷惑かけて」

見上げて謝ると、彼女は勢いを削がれたのか、目をそらした。

「迷惑だなんて思っていません。私は先生の専属受付嬢ですから、先生を支えるのが私の仕事です」

この診療所では治療魔法師に専属の受付嬢がつく。通常は複数人の交代制なのだが、私には現在ココしかついていない。

特殊な経歴のためか、残業が多いからか、はたまた人望がないからか、定着してくれないのよね。

「ありがとう、ココ」

お礼を言うと顔を赤くするから、本当に可愛い子だ。

コンコン。

ドアをノックする音だ。

「はい、どうぞ」

「先輩、終わりました？」

顔を出したのは、診療所の後輩治療魔法師のエイダンだった。

サラサラの黒髪を目元が隠れないくらいに伸ばし、深い海を思わせるダークブルーの瞳を持つ彼は、面倒臭そうにこちらを見ている。

「エイダン先生、お疲れ様です」

「ココ嬢、お疲れ。こんな遅くまで受付の子をこき使うなんてひどいね。俺のところならまだ楽だよ」

淡々としゃべる無愛想な男性ではあるが、治療魔法の腕は確かだ。私もウカウカしていられない若手のホープだ。

噂では彼女はいないが、ずっと好きな人がいるらしい。

「フフ、嫌ですよ。私はアニータ先生が大好きなので、浮気はしません」

「っ！」

ダメね、『浮気』って単語に反応してしまう。

「残念。ココ嬢は優秀だから、先輩に愛想を尽かしたら、いつでも声かけて」

「私は死ぬまでアニータ先生一筋です。じゃ、先生、受付閉めちゃいますね。明日はいつも通りで大丈夫ですか？」

「えぇ、今日はごめんね」

「先生、ごめんねじゃないですよ。そういう時は、ありがとうですよ」

屈託ないココの笑顔が、とても眩しく見えた。

「そうね。ありがとう、ココ。また明日ね」

「はい！　じゃ、お先に失礼します！」

ニコニコしながら、ココは部屋を出ていった。

「先輩、この前の透過図見せてください」

エイダンは診察台に座ると、いきなりそう言ってきた。面倒臭そうにしているのに、瞳にはどこか真剣さがあった。

「何よ、藪から棒に」

「先輩の透過図を撮影するのを手伝ったでしょ。あの後、先輩の様子が変だったんで」

「変って……。特に問題なかったわよ」

透過図とは、体内を可視化する体内透過魔道具で撮影した内容を、紙に投影したものだ。全身を撮影するには、別室にあるボタンを押してくれる人が必要で、彼に協力をお願いしたのだ。

「問題がないなら、見せてもいいでしょ」

「……嫌よ。貴方には関係ない」

無愛想なのに、こちらを見る目がまっすぐだ。たまらず視線をそらし、机のほうに体を向けた。

「患者さんの診療録を書くから、部屋から出てってちょうだい。お疲れ様」

「職業柄、見過ごせないんですよ。気になって夜も寝られないくらい」

彼の両手が机に置かれた。声が真後ろから聞こえる。彼の腕の中に捕らわれているようだ。

若い女子が見目麗しい彼にこんなことされたら、きっと勘違いしてしまうわね。

確か十九歳だったかしら。

こういうキザなことをしたいなら、もっと同年代の子にしてあげればいいのに……

「睡眠薬なら自分で処方できるでしょ。さっ、話はおしまい。出てっ――」

突然腹部に痛みが走った。

こんな時に……タイミング最悪。

痛みが我慢できず、両手で腹部を押さえ、額を机に押しつけた。

「先輩⁉」

驚いたようなエイダンの声がする。

本当は誰にも言うつもりも、見せるつもりもなかった。

この薬を見たら、優秀な彼なら気がついてしまう……

しかし、襲い来る痛みには抗《あらが》えず、私は机の引き出しから薬を取り出した。そして震える手で薬と、机に置いてある水を飲む。

薬が効くのに時間がかかるため、意識を集中して自身の腹部に治療魔法を施した。

「この薬はっ！」

慌てる声がした。

「透過図はどこだ！　どこにある！」

怒鳴《どな》られるが、痛みで声も出ない。

何も答えないことに痺《しび》れを切らしたのだろう。

エイダンは私の机の引き出しを無遠慮に開け、中を乱暴に探った。

やがて鍵のかかった引き出しを見つけ、私の白衣のポケットに手を突っこんでくる。

「やめ……」

ポケットから鍵を取り出すと、彼は引き出しを開けた。

そこには見られたくなかった透過図と検査表があった。

「何だよ……これ……」

胃を中心に他の臓器が癒着している透過図を見て、彼は絶句した。

私が服用していた薬は病の進行止めと、強力な痛み止めだ。

私の胃は病に侵されていたのだ。

この病は臓器にコブを作ったり、臓器そのものを機能不全にしたりする。

しかも、私の場合は進行が進んでいるため、コブによって臓器が癒着し、内臓がめちゃめちゃになっている。

「問題ないでしょ……」

「何、言って」

あまりのことに驚愕しているのだろう、言葉が続かないようだ。

「手遅れだから」

この病気は、コブが小さいうちに発見できれば助かる確率が高いのだが、発症した臓器によっては自覚症状が出にくく、気がついた時には手の施しようがない場合が多い。

そう、もう遅いのだ……

「こんなのって……こんな……」

エイダンは透過図を睨みつける。

私だって、はじめて見た時は衝撃を隠せなかったわ。ここまでひどいと誰が思うだろうか。

軽い胃炎だと思っていたもの。

「誰にも言わないで」

痛む体から、なんとか言葉を絞り出す。

彼の苦しげな顔が見えた。

「心の、整理を……」

そう……まず心の整理がしたいのだ。

現実を受け止め、どうしたいのか、何ができるのか……。向きあう時間が欲しい。

小さな声だ。

「……この透過図を貸してください」

「王国最高の医師に見せたいんです。決して先輩の名前は出さないし、その他の人には見せないので」

宮廷医師局長様のことを言っているのだろう。

一介の治療魔法師がお会いできるような方ではない。

「無理しないで……。私、大丈夫だから」

「無理じゃない！　ツテがある……お願いだ」

今にも泣き出しそうに懇願されて、こちらも切なくなる。ただ一緒の職場で働く同僚という間柄なのに、こんな顔をされると戸惑ってしまう。

薬が効いてきたのか、痛みが薄れてきた。

呼吸を整えて、彼の顔をまっすぐ見た。

「わかったわ。ただ、その場に私も同席させて」

◇◇◇

あの後、宮廷医師局長様に面会を申し込むと言って、エイダンは部屋を出ていった。

なんとも長い一日だった。

屋敷に戻ってきた時には夜の十一時を過ぎていた。

さすがに帰りが遅いので、執事のバレットや私専属の侍女レベッカを心配させてしまった。

この屋敷に移り住んで五年。

ルイスのせいで使用人が何人か変わったが、二人が屋敷を管理してくれているので、とても快適に過ごせている。

第三騎士団長ルイス・ダグラスは、王都を救った英雄だ。

五年前、王都近くでダンジョンから魔物が溢れ出る現象『スタンピード』が発生し、大混乱に陥った。

あの時は私も後方支援の救護テントで、負傷した一般民や騎士の手当てをしていた。

ゴブリンの最上位種、ゴブリンキング。

羽のないドラゴンとも称されるサラマンダー。

特にこの高位魔物二匹に騎士達は苦戦を強いられ、たくさんの人達が儚く散っていった。

そんな中、ルイスは二匹を討伐することに成功した。その功績でこの屋敷を賜《たまわ》り、ルイスは第三騎士団長に就任した。

あの時は、無事に帰ってきてくれたことに安堵したものだ。


しかし……ルイスは変わってしまった。


顔繋ぎでたくさんのパーティーに参加したり、仕事が忙しいと帰らなくなったのだ。

はじめは彼の言葉を鵜呑《うの》みにし、体を壊さないか心配していたが……いらぬ心配だったと後から知った。

彼と過ごしたという若い騎士が診療所まで来て、教えてくれたのだ。

「英雄ルイス様と夜を共にした」

「男も女も関係なく抱いてくれる」

「ルイス様は興奮すると、体に歯形を刻みつける。彼の所有物になったようだ」

はじめは信じられなかった。

でも、屋敷の使用人を馬に乗せて遠乗りに連れて行く姿を目撃したことがある。

帰ってきた使用人の腕には噛み痕があった。その使用人は、「旦那様に愛されているのは私です。早くお飾りの妻など捨ててしまえばいいのに。同情で彼を縛りつけることに罪悪感はないのですか？　貴女など、幼い頃からの『情』で側に置いてもらっている置物に過ぎないのよ」と、暴言を吐いてきた。

その後彼女は解雇され、どうなったか知らない。

「使用人に『しつけ』をしただけなのに、あの女が変に勘違いして君を敵視したんだ。愛しているのはアニータだけだよ」

使用人のしつけって……貴族男性が使用人を手篭《てご》めにした時の言い訳じゃない。

彼は必死に言い訳をし、言い募り、私への愛を囁《ささや》いた。

「愛しているのは君だけ」

その言葉をそのまま受け止めることが……できない。でも、別れることもできない。

裏切られているのに、彼を愛する気持ちが『離婚』の選択肢を私から隠してしまう。

「わかっているわ。私もルイスを愛している」

許すしかなかった。

許さなければ、彼はどこかに行ってしまう。

それが怖くて、笑顔を貼りつけて彼を許した。

『同情で彼を縛りつける』

『幼い頃からの「情」で側に置いてもらっている置物』

使用人に言われた言葉が、心をえぐり、真実をわからなくする。

私が見ていたもの。

彼が囁《ささや》く愛の言葉。

他人から聞く彼の姿。

もう何を信じればいいのかわからない。

彼の愛はもう冷めてしまい、同情で一緒にいてくれているのではないか。

もしそうなら、なんて惨《みじ》めで卑怯なの……

彼と離婚して、一人になるのが怖い。彼が私から離れていかないのなら、最後には私の元に帰ってきてくれるのなら、多少のことには目をつぶればいいのだ。

彼を愛している。

でも、この思いは長年一緒にいた情による執着なのかも……

もう……わからない。


誰かに触った手で触らないで。

でも、触れてくれないと寂しい……

誰かに触れた唇でキスしないで。

でも、貴方とのキスは嫌いじゃない……

誰かに囁《ささや》いた愛を私に囁《ささや》かないで。

でも、愛してると言ってほしい……

こんな自分は大嫌いだ。

第二章　私の過去

浮遊感を感じた。ゆっくりと目を開ける。

「すまない、起こしてしまったな」

ルイスの優しい微笑みが暗闇の中でもわかった。

「ソファーで寝ては風邪をひくぞ」

あぁ……。寝る前に、最近発表された新薬の論文を読んでいたんだった。どうやらそのまま寝てしまったらしい。

ゆっくりとベッドに下ろされた。

「ありがとう。お帰りなさい」

「ただいま」

布団をかけられると、温かく感じた。少し体が冷えていたようだ。

「少し痩せたんじゃないか？」

なぜこういう時は目敏《めざと》いのだろう。

「……仕事が忙しくて、あまり食べてなかったの」

「気をつけてくれよ、君が倒れたら心配で仕事も手につかなくなってしまう」

優しく頭を撫でる手は大きくて温かい。

「えぇ、気を付けるわ」

頭を撫でていた手が頬に触れた。ゆっくりと彼の顔が近づいてくる。

キス……された。

本当に最悪だ。

昼間は執務室であの騎士と、夜会の警護と言ってまた誰かと……

私の知らない誰かに触れた唇なのに、なぜ彼に嫌悪感を抱かないのだろう。

「アニータ、愛してる」

甘く微笑む彼が憎らしい。

「私も……」

それに応える自分も大嫌いだ。

でも……拒めない。

◇◇◇

熟睡するルイスの腕からそっと抜け出し、脱ぎ散らかした夜着を拾い集めて袖を通す。彼が拭いてくれたのか、体に不快感はない。

静かに部屋を抜け出し、隣にある自分の部屋に来た。

朝日が昇る前だから、屋敷は静まりかえっている。

静寂の中だとよりいっそう強く、自分は一人だと思う。

窓辺に座り、夜の寒さで冷たくなったガラスに触れた。

ガラスの冷たさが体温と共に何かを奪っていくようだ。

「罰ね……」

女々しくすがる自分が滑稽で、泣けてくる。

私に生きている資格はない。

真実を知った十五の時、無責任に命を手放せればよかったのに……


十五歳。

ナイヴィーレル王国では、成人と認められる歳だ。十五歳になった貴族家の子供は、王立貴族学園に通うことになる。

そこは、将来の伴侶を探す者、出世のために人脈作りをする者の、さまざまな思惑が交錯する小さな社交場だ。

かくいう私も、ヤーマン伯爵家に婿入りしてくれる方を探さなければならなかった。しかし、有力家主催のお茶会に何度か参加したら、人の悪口ばかりの集まりに辟易《へきえき》してしまって、図書室でばかり過ごしていた。

貴族の結婚は政略結婚がほとんどだ。私が婚約者を見つけられなくても、お父様が家にとって有益な縁談を持ってくるはずだ。ただ、優秀な方は高位貴族家と婚約を結ぶことがほとんどなので、ヤーマン伯爵家を繁栄、存続させるには私が頑張らなくてはと思い、勉学に勤しんだ。

まぁ、ルイスに恋をしていたので、他の殿方が子供っぽく見えてしまったのも要因ね。


入学してしばらく経った頃、私は図書室で運命の出会いを果たした。

ヴィッセル公爵家のヴィオレット様と知りあったのだ。

みんなの憧れのまとだった彼女は、気さくで、勤勉で、努力家だった。もちろん容姿も美しく、所作も公爵令嬢だけあって優美で洗練されていた。

本棚に近い、窓側のテーブル席が私達のお気に入りだった。

私達は同学年だったが、違うクラスだった。彼女は高位貴族が集まるAクラス。私は下級貴族が集まるBクラス。そのため面識はほとんどなかったが、経済学の本をお互いに探していたことから仲良くなったのだ。

「ごきげんよう」

「ごきげんよう、ヴィオレット様、そちらの本はどうされたのですか？　帳簿……ですか？」

「えぇ、お母様にお借りしたの。屋敷の調理場で使用する食材の帳簿よ。本当は領地の帳簿を見せてほしいのだけど、帳簿の見方を勉強するなら簡単なものから取り組みなさいって渡されたわ」

ヴィオレット様は『黒い表紙が印象的な帳簿』を見せてくれた。

何月何日に何の食材を購入したとか、何月何日の料理メニューが何だったか記載されていた。

書き方や単語がよくわからず、帳簿は未知の宝箱のようだった。

「とても面白いですね！」

「帳簿の書き方は家によって違うって聞いたわ。アニータの家はどんな書き方なのかしらね」

「私も気になります！　今度お母様に聞いてみますわ」


その後、お母様に帳簿の見方を勉強したいから、調理場の帳簿を借りたいと相談すると、帳簿はお母様の書斎にあると言われた。

ドレスにしか興味がないお母様だったが、女主人としての体面のため、形だけの書斎を持っていた。管理は家令がしていたと記憶している。

あの日は、ちょうど両親が夜会に行く日だったため、忙しさから好きな帳簿を見ていいと、おざなりな対応をされた。

ヤーマン伯爵家の帳簿の表紙は白が多かった。

そんな中、書斎の机の引き出し奥に、黒い表紙の帳簿を発見した。

今思えば、あの帳簿は隠すように置かれていた。

だが、憧れのヴィオレット様が見せてくれた『黒い表紙の帳簿』が印象に残っていたためだろう、私はその帳簿を持ち出した。

その帳簿が、お父様がお母様の書斎に隠していた『裏帳簿』だと知らずに……

後のことは、あまり覚えていない。

ヴィオレット様と勉強をしていたら、帳簿を見た彼女が血相を変えて図書室を飛び出していった。

仕方なく帰ろうとしたら第一騎士団の方に城の一室に連行され、監禁され、外部との連絡を遮断された。

ただ、自分が持ってきた黒い表紙の帳簿は、お父様が違法奴隷の販売に関与したこと、違法カジノの運営に携わっていたこと、そしてお母様が違法奴隷の中でも見目のよい男性を引き抜き、娼館を経営していたことがわかるものだったらしい。

その後、私の知らないところで両親は裁判にかけられた。お父様とお母様は有罪判決を受けて北の監獄に収容されることになった。ヤーマン伯爵領は国に返還され、私はすべてを失った。


「お前のせいだ！」

監獄に送られる両親に最後の挨拶をするように言われ、事件後はじめて両親に会った。

二人ともひどく薄汚れており、頬は痩《こ》けていた。

私は監禁されていただけで、衣食住は十分に面倒を見てもらっていたようだ。

「お前が余計なことをしなければ、すべてうまくいったんだ！」

いつも前髪をきっちり後ろに流していたお父様の髪はボサボサで、目はつり上がっていた。お父様は、私を射殺さんばかりの眼光を向けていた。

「遊ぶことしか能のない、あんな女と結婚させられなければ……。くそっ！　不要品のお前なぞに邪魔されるなんて……。畜生……。畜生。畜生！　お前など生まれてこなければよかったんだ!!」

お父様は「くそっ！　くそっ！」とわめきながら護送の馬車に押しこめられた。

ごめんなさいも、体に気をつけても、必ず保釈金を貯めて助けますも……何も言えなかった。

ただ、恐ろしく、立っているのがやっとだった。

「わたくしは何も悪くない。悪くないわ。家のために嫁いできただけ。義務だって果たしたわ。わたくしは悪くない。わたくしは悪くない。悪いのは……？　悪いのはすべて、すべて……」

ブツブツ言いながら下を向いていたお母様が、不意に顔を上げてこちらを見た。

「貴女よ」

墓から這い出てきた、亡者のような顔だった。

「貴女が罪を償いなさい！　貴女が悪いのだから。貴女が。貴女が代わりに行けばいいのよ！」

お母様が私に掴みかかろうとし、側にいた兵士二人が彼女の両脇を拘束した。

「止めろ！」

「あの子を連れて行って！　あの子が悪いのよ！」

暴れるお母様は、お父様とは別の護送用馬車に手荒く放りこまれた。

扉越しに「死んで！　死んで詫びなさい！　貴女が悪いのよ！　死になさい！　死になさい！」

と叫ぶ声が辺りに響いた。

「出発しろ！」

お母様を無視して、二人を乗せた馬車は呆気なく出発し、すぐに見えなくなった。私は足が震えてその場から動けず、しばらく馬車が走っていった道を呆然と見ていた。

お母様は監獄に入ってすぐ、自身の服を縄にして首を吊ったそうだ。

お父様は一年ほど苦役労働に従事したが、監視の目を掻い潜って脱走した。しかし魔物が跋扈《ばっこ》する森に入ってしまったため、数日後無惨な姿で発見されたと連絡をもらった。

私は両親が監獄に向かった後、ルイスに支えられながら、王都の屋敷や元ヤーマン伯爵領の屋敷を引き渡すのに立ち会った。

仕えてくれた使用人全員に紹介状を渡したが、犯罪者の家の紹介状なんてあってもなくても同じだったかもしれない。

両親だけではなく、何の罪もない使用人達の人生まで狂わせてしまった。

私はなんて罪深いのだろう……

お母様の言うように、死んで詫びなくてはならないだろうか……

死は償いになるのだろうか……

ギリギリの精神状態だった。

そんな時、ルイスにプロポーズされた。

死ぬしかないと思っていた私に、生きることを許してくれた。側にいてほしいと言ってくれた。

あの時、ルイスのために生きると決めたのだ。

でも、罰が当たったのよ。

罪深い私が幸せを感じてしまったから。

ルイスが浮気するのは私のせいだ。

同情で結婚までさせてしまった。

すべて私の罪だ。

◇◇◇

「おはよう、アニータ」

「おはよう」

ダイニングに入ると、ルイスがテーブルについていた。

彼はスッと立ち、私の椅子を引いた。

一緒に朝食を取る時は、必ず私の椅子を引いてくれる。そして私が着席すると、オレンジジュースを渡された。それは毎朝、彼自ら私のために搾ってくれるものだ。

「今日のオレンジは甘味が強くて当たりだったよ」

「ありがとう」

オレンジジュースを一口飲む。

甘い酸味が口に広がり美味しいのに、なぜか美味しくない。

不意に視線を感じてルイスを見ると、彼は優しい顔をして私にキスをした。

「甘いな」

柔らかく甘い瞳を向けられると、愛されていると勘違いしてしまいそう。

「アニータ、愛してる」

胸が軋《きし》む……

どうして、そんなに嘘がうまいの。

彼に深くキスをされはじめた時、私はわざとオレンジジュースを自分にこぼした。

「あっ！　すまない！」

「いいえ、大丈夫よ。ルイスは？　かかってしまった？」

「俺は大丈夫だ。あぁ、本当にごめん」

彼は跪《ひざまず》いて、私のスカートにかかったジュースを拭いた。

「ねえ。指輪、どうしたの？」

私の指摘に、彼は動きを止めた。

少し前から、彼の指に結婚指輪がないことを、私は知っていた。

治療魔法師になってはじめてもらった給料で買った、安物の結婚指輪。

結婚当初、私もお金を稼ごうと、元貴族令嬢が多く勤める家庭教師の働き口を探したが、犯罪者の娘を雇う家はなかった。

ただ、幼い頃から魔力操作の訓練は受けていたし、少しだが貴族学園で治療魔法の講義も受講していたので、私は診療所の面接を受けた。

そして、人手不足だったことと、即戦力になりそうだからということで採用された。

はじめは『犯罪者の娘！』と謗《そし》られたが、ただ真面目に真摯に仕事と向きあうことで同僚に受け入れられていった。

患者にはなおも厳しい目を向けられていたが、それが変わった一件がある。

「犯罪者の娘なら無料で治療しろ！」と怒鳴《どな》っていたおじさんに、私はこう返した。

「両親の犯した罪は許されることではありません。気づけなかった私も同罪だと思っています。申し訳ありませんでした。ですが、治療費の件は別です。もしも私が貴方を無料で治療すると、貴方は『治療費泥棒』になってしまいます。そんな不名誉を貴方に負わせたくないのです。ご理解いただけますか？」

今にして思えば小生意気な口を叩いたと思う。

だがおじさんは急に笑い出した。

「アンタは悪い奴じゃないな！」

その後、おじさんは「反省している奴を貶めるのは、犯罪者よりも劣るバカだ」と、みんなに言ってくれたようだ。実は大商会の会長だった彼の呼びかけもあって、変な絡まれ方をすることがなくなり、平和な日常を送れたのだった。

話が脱線したが、ルイスに贈った指輪は安物だけど、私には大切なものだった。

結婚式を挙げるお金もなかったので、仕事終わりに二人で教会に行って婚姻届を出し、聖堂のすみで私が買った二つの指輪を互いにはめた。

「一生貴女を愛します」

彼は誓いの言葉を口にしながら、私の指にはめてくれた。

もちろん、私も「一生貴方を愛します」と誓って彼の指にはめた。

どうやら、私の愛は捨てられたようだ。

「あ……どこにいったかな。執務室に忘れたのかもしれない。大丈夫、すぐに見つけるから」

忘れられた指輪……。まるで私ね。

「いいのよ、安物だし。気にしないで。こんな何の変哲もない金属の輪っかだもの。パーティーに出る時だって恥ずかしかったでしょ？　もういいの」

顔に笑顔を貼りつけ、何でもないように装った。心がズキズキ痛んだ。

「こっ、今度、宝石商に行こう。王都で人気の店を教えてもらったんだ。今年で結婚して十年だから、新しい指輪を――」

「あっ、いけない！　今日までに提出しなくちゃいけない医療備品の申請書があったわ。急いで出勤しないと。洋服も着替えなくちゃいけないから、先に出かけるわ」

「あっ、アニータ!?　朝食は!?」

「お昼をたくさん食べるから大丈夫よ」

わざとらしかったけど、私は彼の言葉を遮《さえぎ》ってダイニングルームから退出した。

呼び止める声がしたが、振り向かない。

新しい指輪なんて、いらない。

第三章　私の後輩

「次の人～」

診療所は、今日も患者さんがいっぱい来ていた。

「アニータ先生、今の方で午前の診療は終了です」

診察室のドアを開けて、ココが顔を出した。

「お疲れ様、ココ」

終了と聞いて、体を大きく伸ばした。

「先生、お昼どうします？　一緒にランチはどうですか？」

「お弁当があるからごめんね」

嘘だ。

正直、食べるのが苦痛で栄養剤を飲むので精一杯なのだ。でも、そんな姿は誰にも見せたくない。

「わかりました〜。じゃ、ランチ行ってきます」

昼食は魚のフライ定食にしよ〜、なんて声が扉越しに聞こえた。本当に可愛い。

コンコン。ドアをノックする音がした。

「先輩、終わりました？」

エイダンが顔を覗かせた。

「お疲れ様。ちょうど終わったところよ」

「じゃ、失礼しますね」

彼は入室すると、鍵を閉めた。

「先輩、血圧を測りますから座ってください」

鍵を閉められた時はドキッとしたが、どうやら診察してくれるようだ。

本当、言葉が足りないんだから。

私は患者用の椅子、彼は私の座っていた椅子に座った。それから、机に置いてある血圧計測器を手早く私の腕に巻きつけた。

「そんな無愛想で、患者さんに何か言われないの？」

「特には。受付の子が機転をきかせてくれるので助かっています」

機転って……。受付の子も大変ね。

「具合の方はどうですか？　吐き気は？」

淡々とした声だ。

「悪くはないわ。薬が効いている時は痛みもない。ただ、体がだるいのは辛いわね」

「……内臓から……心臓は……」

彼は考えこむようにブツブツ言った。

「食欲は？」

「空腹感はあるわ。でも胸焼けを起こすから量は食べられないし、食欲は基本的にない」

「水分は？」

「それはなんとか」

「水分は取れても……栄養が……じゃ、聴診します」

流れるように診察は終了した。

「先輩、点滴しといたほうがいいです。栄養剤を服用しているようですが、十分ではないですね」

診察台に寝るように指示され、点滴の準備をテキパキとしていく。

「かけ布団はないですか？」

「あぁ……、ココに洗濯をお願いしちゃった」

「そうですか」

エイダンが突然白衣を脱いだ。

「えっ!?」

「ないよりはマシなんで、使ってください」

そう言って白衣をかけてきた。

「しばらく寝てていいですよ。体、しんどいでしょ」

「ありがとう。……ねぇ、エイダン。どうしてこんなによくしてくれるの？」

正直謎だ。

面倒臭そうにしているのに、やることは的確で、気遣いも温かい。

宮廷医師局長様との面会も調整してくれているようだし……

「成り行きですよ。余計なことを考えてないで、さっさと休んでください。俺も少し仮眠を取りますから、話しかけないでください」

私の椅子にドカッと座ると、顔を背けられた。耳が赤いように見えたが、気のせいだろう。

成り行きって、可愛くない答えね。まったく照れ屋なんだから。

エイダンの気遣いに、ささくれだった心がホッコリ温かくなった。

持つべきものは可愛い後輩ね。


点滴のお陰か、その後はすこぶる体調がよかった。体のだるさは栄養不足のせいかもしれない。

午後の診療もたくさんの患者さんがやってきて、診療所はてんやわんやだった。

「アニータ先生、お疲れ様でした」

「ココもお疲れ。明日もよろしくね」

午後の診療も無事終わり、帰ろうと支度をしている時だった。

「先輩、この後時間ありますか？」

診療室に真剣な顔をしたエイダンが現れた。

雰囲気から、宮廷医師局長様との面会の約束がとれたのだろうと思った。

「えぇ、大丈夫よ。ほら、入って」

「いいえ、このまま一緒についてきてもらえますか？　急なんですが、叔父上から連絡が来て、これからなら時間を取れるそうです」

叔父上？

「詳しくは移動しながら話します」

「わかったわ」

迎えに来た家の馬車の御者に、遅くなるから先に帰るように伝え、エイダンが用意した馬車に乗りこんだ。

◇◇◇

「俺、婚外子なんです」

馬車で移動中、エイダンは前置きもなく、突然切り出した。思わぬ内容に息を呑む。

「ネイサン・マーヴィルは知ってますよね？」

ネイサン・マーヴィルとは、現宮廷医師局長だ。

十年も宮廷医師局長を務めている、国を代表する凄腕医師だ。それから、愛妻家として有名だ。

「ネイサン叔父上の兄、ナサニエル・マーヴィルが俺の父です。女ったらしの最低野郎ですよ。素行が悪かったのでマーヴィル侯爵家から勘当され、市井に放逐されたんです。で、場末の飲み屋で働いていた母と関係を持って、俺が生まれました。クソ野郎はとんずら。母は逃げられた苛立ちから俺に暴力を振るっていました。五歳になる前に蒸発しましたけど」

どうしよう……。とんでもなく重い話だ。

「餓死寸前だった俺は町に出て助けを求め、幸運にも助けてくれた人がいました。その人は俺を診療所に運び、治療費を出してくれました。その後、孤児院に身を寄せていたところ、クソな父親が死んだらしく、尻拭いで奔走していた叔父上に見つけてもらって、成人するまで養育してもらいました。ただ、俺は勘当された男の子供なので、表立って『叔父』『甥』の関係は公表できません。先輩も表立って言わないでくださいね」

淡々としゃべっているけど、反応に困るわ！

「宮廷医師局長様との関係はわかったわ。だけど、そこまで話してくれなくてもよかったのよ？」

「？　……誤解がないようにしたかったんですが、いけませんでしたか？」

「いえ、いけないわけではないけれど……」

「あ～……、何かすみません」

「エイダンが大丈夫ならいいのよ。教えてくれてありがとう。宮廷医師局長様と会えることは、治療魔法師の夢でもあるし、とても嬉しいわ」

宮廷医師局長様は国の最先端医療の第一人者で、医療に携わる者にとって憧れの存在だ。

経緯はどうあれ、会えるのが楽しみだ。

不意に視線を感じた。エイダンがじっとこちらを見ている。

「どうかした？」

「……いえ、先輩には関係ないです」

「はい？」

プイッと顔を背けてしまった。心なしか不機嫌のように見える。

さっきの出生のことで、機嫌を損ねてしまったのかしら……？

「ごめんなさい、何か気に障ることをしてしまったかしら？」

「いえ、先輩は何も悪くありません。俺の問題なので気にしないでください」

淡々とした返答だが、それ以上は聞かないでくれと言っているように感じた。

「宮廷医師局長様と仲はいいの？」

空気を変えたくて、当たり障りなさそうな話題を選んだ。

「悪くはないです。医療の話はいくら聞いても聞き足りないくらいです。叔父と言うよりは師匠のような存在ですね」

いつも不愛想なのに、宮廷医師局長様のことを話すエイダンの表情は少し柔らかかった。

「尊敬しているのね」

「はい。ただ、オヤジギャグはよくわかりません」

「ぶっ！」

まずい、吹き出しちゃった。

「話の間に挟んで来るのですが、どや顔されても、何が面白いのか理解できないんですよ。もっと精進が必要だと思ってしまいます」

真面目な顔で言ってくるから、ダメだ……

「ぷ……あははははっ」

「？　何ですか、先輩」

「ごっ、ごめっ、あはははははっ」

淡々とした男にオヤジギャグを言って、真剣に意味を聞かれるなんて拷問ね。宮廷医師局長様の精神力が強いのか……ダメ。想像すると笑いが止まらない。

久しぶりに声を出して笑った。

エイダンは不思議そうな顔をしていたが、それもまた面白くて、なかなか笑いを抑えられなかった。


マーヴィル侯爵家に着くと、宮廷医師局長様が自ら出迎えてくれた。

光栄なことだが、同時に恐縮してしまう。

「よくいらっしゃった。私はネイサン・マーヴィルだ。気軽にネイサンと呼んでくれ」

白髪混じりの黒髪に、細められた青空を思わせるブルーの瞳。気さくに握手を求められている。

驚きと嬉しさで震えそうになりながら、握手に応える。

「ネイサン様、お会いでき、お名前で呼ぶことをお許しいただき光栄です。わたくしは第三騎士団長ルイス・ダグラスの妻、アニータ・ダグラスと申します。王都第二診療所で治療魔法師をしております」

「そうか、貴女が。とても腕がいいと聞いている」

「恐縮です」

「さっ、立ち話もなんだ。入りなさい」

ネイサン様にエスコートされ、私は屋敷に入った。


ネイサン様の執務室に重い空気が漂っていた。

ネイサン様は私の透過図と検査表を鋭い目つきで見ている。

人好きしそうな笑顔は消え、宮廷医師局長の厳しい顔をしている。

「なぜ、こんなことになるまで気が付かなかった。相当な痛みがあったはずだ」

「単なる胃炎だと思い、胃薬を常時服用していたため、発見が遅れました」

「症状はいつ頃からだ」

「痛みを感じたのは半年前くらいです。ストレスから来るものかと思っていました」

「……検査は？」

ネイサン様は立て続けに質問をしてきた。それに答えるたびに、彼の表情は暗く厳しいものになっていく。

「そう、か……」

彼が導き出した病が想像できて気持ちが落ちこむ。

宮廷医師局長でも難しい反応をしていることに衝撃を受け、うつむいてしまう。

「叔父上、どうか力を貸してください。正直、自分はどこから手をつけたらいいか、わかりません。ですが、国の最先端医療に携わる叔父上なら、何か手立てをお持ちではありませんか？」

エイダンの淡々としているが、真剣な声が耳に入った。

しかし、私は顔を上げることができない。

自分の症状は最悪なのだ。

すでに内臓が癒着している。手術でどうにかなるレベルではない。

「ダグラス夫人」

「アニータとお呼びください」

「……アニータ君。この前発表された新薬の論文は読んだかな？」

「はい、現在のものより強力な痛み止めの開発に成功したそうですね」

この前ソファーで読んでいた論文だ。

「治験に参加しないか？　費用はすべて国が持つ」

あぁ……。そうよね。

はじめからわかっていたことなのに、希望を持たないようにしていたのに……

「叔父上……それは……」

ネイサン様の視線が下がった。

希望を持ってやってきた甥に、治療する術がなく、今の医療では延命治療しかできることがないと伝えるのは辛いのだろう。

「……ネイサン様。それ以上の説明は不要です。治験の件、ありがたく参加させていただきます」

ニッコリ微笑むと、ネイサン様の表情が一瞬苦しげに歪んだ気がしたが、すぐに人のいい微笑みを浮かべた。

「協力に感謝する。晩餐《ばんさん》もどうだろう、一緒に」

「光栄です」


その後の晩餐《ばんさん》はとても楽しかった。

私の前には消化吸収のいいトマトリゾットが置かれた。野菜もみじん切りにされていたので、とても食べやすく、美味しかった。

チーズを加えるともっと美味しかっただろうが、私の体を考えてあえてチーズは省いたのだろう。

「私はね、ワインによわいんだよ～」

お酒が回っているのか、ネイサン様はオヤジギャグを連発するが、「弱いなら飲まないでください」と、ことごとくエイダンには通じなかった。

噛みあわない二人が面白くて、終始笑いが絶えなかった。

楽しくて、すっかり遅くなってしまった。

エイダンが馬車で送ってくれることになり、ネイサン様が見送りに出てくれた。

「治験の薬は自宅に送ればいいだろうか？」

ネイサン様に問われた。

笑顔なのに、目は真剣だった。

おそらく、家族に病気のことを伝えているのか探っているように感じた。

「いいえ。できれば彼を通して送っていただけると助かります」

エイダンを見ながらそうお願いすると、ネイサン様は少し目を伏せた。

「わかった。後悔のないようにな」

「はい。お心遣い、ありがとうございます」

ネイサン様にはわかったのだろう。

浮気者の旦那に病気のことを知らせず、一人で死を迎える覚悟だと。

その考えに対して「後悔のないように」と助言してくださったのだ。


ネイサン様と笑顔で別れの挨拶をした。その後、診療所に寄ってもらい、透過図と検査表を診察室の引き出しに戻した。自宅に持ち帰りたくなかったからだ。

馬車は夜の街道を走っている。静かな車中、夜空に浮かぶ月を見た。満月が少し欠けた形だ。

感傷的になって、いろいろな物事と重ねてしまいそうだが、今はエイダンもいるので心を穏やかに保とうとした。

「旦那に言わないんですか？」

前置きもなく、直球で言ってくる。エイダンらしい。

「少しは大切にしてくれるんじゃないですか？」

『英雄は色を好む』有名な話だ。

最近彼と浮き名を流しているのは、シレーヌ・ミュラー侯爵令嬢だ。

十五歳と若く、亜麻《あま》色の髪と紫の瞳が特徴的な美しい女性だ。

ミュラー侯爵家の使用人が診療所に何度かお使いに来て、二人の逢瀬を自慢してくるのだから笑ってしまう。

『お前よりお嬢様のほうが英雄の伴侶に相応《ふさわ》しい』と言いたいのだろうが、『既婚者に言い寄る不埒な娘だ』と公言しているのがわからないらしい。

『お嬢様によい縁談が来ればいいですね』と言ってやれば、『平凡な年増女の負け惜しみか、さっさと離婚しろ！』と、暴言を残していった。

まったく、ミュラー侯爵家は使用人にどんな教育を施しているのか、甚だ疑問だ。

診療所にまで彼の浮気相手達が来るので、同僚達にルイスが浮気男だと知れ渡っていた。

病気のことを告白すれば、浮気をやめて尽くしてくれるのではないか、とエイダンは言いたいのだろう。

「言わないわ」

言っても惨《みじ》めになるだけだ。

二度と浮気しないと宣言されたとしても、嬉しさよりも虚しさを感じてしまうだろう。

それに、もしも……もうじき死ぬとわかって喜ばれたら？　もしも無関心だったら？　後妻候補を連れてこられたら？　死ぬ最後の一瞬を、憎悪の気持ちで迎えたくはない。

「彼を悲しませたくないし、彼に看取られたくないもの」

愛と憎しみは紙一重ね。

第四章　私の……

帰ってきた屋敷は、重苦しく不穏な雰囲気を漂わせていた。

馬車を玄関前に横付けにし、エイダンの手を借りて降りた。すると、玄関が勢いよく開かれ、中からルイスが出てきた。

逆光で表情が見えにくいが、不機嫌だとわかる。

「遅かったじゃないか。心配した」

声色は優しげなのに、どこかトゲがある。

「早かったのね、お帰りなさい」

何でもないように微笑む。

ルイスの視線がエイダンに向いた。

手を借りたままの格好だったと気づき、そっと手を離そうとした時、エイダンが突然手を握ってきた。

「アニータ様。本日は食事にお付き合いいただき、ありがとうございました」

いつもの彼の様子から想像できない、好青年のような明るい話し方だ。

ルイスを挑発しているようだ。

きっと、妻を蔑ろにしたら他の男に取られるぞと警告したいのだろう。

だが、これはやりすぎだ。

顔が見えづらくても、ルイスの雰囲気がピリつくのがわかる。

「ええ、またネイサン様と会合がある時は声をかけてください。宮廷医師局長様とお話しできるなんて光栄ですから」

エイダンに握られた手を強引に引き抜く。

彼と少し距離を取ると、すぐ横にルイスが移動してきていた。

「アニータ、彼は？」

「ご挨拶が遅れました。私はエイダンと申します。アニータ様と同じ診療所で働く後輩です」

二人とも笑顔だが、空気が重い。

「ええ、とても若いのに腕がいいのよ。宮廷医師局長様とも知り合いで、今日は無理を言って会合に同席させてもらったのよ。エイダン先生、今日はありがとうね」

「そうか。妻の希望を叶えていただきありがとう。もう夜も遅い。挨拶はこの辺で失礼するよ」

半ば強引にルイスに屋敷に引き入れられてしまった。

エイダンの鋭い視線を感じたが、玄関のドアに遮《さえぎ》られてしまった。

後輩に失礼な態度をとったルイスのことを咎めないといけないのだが、とても口を挟むことができる雰囲気ではなかった。


ルイスは一直線に夫婦の寝室に入った。ドアを閉め、鍵もかけてしまった。

「あの男とはどんな関係だ」

獣が唸るような、とても低い声だ。

今までこんな声を聞いたことはない。彼が相当怒っているのが窺《うかが》える。

「診療所の後輩よ」

「嘘をつくな。あの男の態度はそれ以上だった。いつから付き合っていたんだ？　あんな若い奴を引っ掻けて、恥ずかしくないのか⁉」

蔑む言葉に苛立ちを覚える。

「残業とうそぶいて、あの男と遊んでいたんだな！　あんな優男が好みとは知らなかったよ。安っぽいキザな口説き文句にクラッときたのか？　まさか、もう肌を重ねて――」

「口を慎みなさい！」

頭の中が煮えたぎるようだ。

「自分のことは棚にあげて、よくそんなことが言えるわね。逆に聞くけど、貴方こそ何人と関係を持っているの？　年若い騎士、十五歳の令嬢、夜会の警護とかこつけて未亡人や既婚者、貴方に憧れる美しい男性と幾多も浮き名を流しているのは知っているのよ」

「っ！　何で知って……」

「ご親切に教えてくれる人が診療所に来るのよ。いいえ、自慢しに来るのかしらね。私がその時なんて言うと思う？『主人を慰めてくださり、ありがとうございます』よ。何度口にしたか、貴方はわからないでしょ？」

彼の顔が面白いくらい青ざめていく。

「貴方に服を持っていった日、私が何も見なかったと思うの？　執務室の中に全裸の男性がいたのなんて丸見えよ！　しかも自分がいやらしい匂いをまとっていることもわからないなんて、バカじゃないい!?」

今までこんな激情を彼にぶつけたことはないし、彼の浮気を知っているなど言ったこともない。

「私が後輩と食事したくらい、何でもないでしょ!!」

言い訳を口にしたいのか、彼は口をパクパクさせるだけだ。

浮気をしたことがバレたとわかったなら、謝ったらどうなのよ。誠心誠意謝りなさいよ！

それとも、私を侮って誤魔化《ごまか》せば許されると思ってるの？

最低……。最低、最低、最低、最低！

「……離婚して」

はじめて口にできた。

あんなに躊躇《ちゅうちょ》していた言葉は、つっかえることなく、すんなりと口から吐き出せた。

「っ！　離婚はしない！」

バカらしい。離婚を切り出されて当然でしょう。

「なぜ？　そんなに遊びたいなら、私の存在は邪魔でしょ。お飾りの妻でいるのも、同情で一緒にいられるのも迷惑よ」

ひどく冷静な自分がいる。

声も淡々としており、他人事のように思える。

「俺には君が必要なんだ」

「お飾りの妻が必要なら、英雄に憧れる令嬢でも飾っていなさい」

「違う、君を愛しているんだ！」

「ぷっ……愛？」

乾いた笑いが口から漏れる。

「愛してる。愛しているんだ！　これは、にんっ、その……。俺が全身全霊で愛しているのはアニータだけなんだ！　君以上に大切な人なんていない。わかるだろ⁉」

彼に肩を触られた。

焦って弁明する姿は滑稽ね。

「わからないわ」

心がとても凪いでいる。

彼の顔など見たくなくて、私は床を見つめた。

「やはり一方的だったんだ……」

「え？」

突然、彼の声色が変わった。低い。とても低い声だ。

「君は、俺を愛してなかったんだ。はじめから、他に好きな奴が……。あいつと寝たから。だから離婚を……。俺と離婚して、あいつと結婚するんだな。……許さない。お前は俺の妻だ。俺だけのものだ！」

両肩をすごい力で掴まれた。

「いた……い……」

痛みで顔がひきつる。

彼と視線が合った。

その顔は今まで見たことがないくらい、冷たく、瞳は常軌を逸している。

いつもは美しい夕日のような瞳が、闇をまとった呪われたガーネットのように禍々しさを感じる。

「上書きしてやる」

言うや否や、ベッドに連れていかれ、突き飛ばされた。

「あんな軟弱男との交わりはつまらなかっただろ。俺が、その体に喜びを教えてやる」

彼は首に巻いていたスカーフをほどき、私の手首を頭の上で拘束した。

ほの暗い瞳に、私の怯えた顔が映る。

「やめ……て」

辛うじて声が出たが、弱々しい声はかえって彼を刺激したのか、彼の瞳は獲物を定めた獣のようにギラついた。

「手加減はなしだ。お前が誰の妻か刻み付けてやる」

◇◇◇

死を覚悟するのに十分な行為だった。

目を覚ました時は、生きていたことに安堵したほどだ。そして、隣にルイスがいなかったことに安心すると共に、寂しさに胸が軋《きし》んだことが嫌だった。

ルイスは朝方騎士団から緊急の伝令が来たため、侍女のレベッカに「無理をさせたから、診療所は休ませるように」と告げて出ていったそうだ。

私の体はボロボロだ。

下半身の痛みでベッドから降りることもできないし、唇を噛んだのは覚えているが、まさか舌も噛んでいたとは……。しゃべることが困難だ。

それから、首の付け根にルイスが噛みついた痕がある。

キスマークを残されることはあっても、噛まれたのははじめてだった。

ルイスと体を重ねる人は喜んで噛まれているのだろうか……。私には理解できない感覚だ。

彼はずっと、私との行為に不満があったのだ。あんな激しい行為が彼の求めるものだったのなら、確かに私は受け入れられない。

浮気を容認するわけではないが、彼が他の人で発散させようと考えた経緯は、わかったように思えた。


コンコン。

自室のベッドで寝ていると、ドアをノックする音がした。

「奥様、お客様がお見えです。診療所のエイダン先生と受付のココ嬢です。こちらにお通ししてもよろしいでしょうか？」

私は体を起こし、サイドテーブルに置いた鈴を手に取った。

声が出ないので、鈴を鳴らす。

入ってよいと言う合図だ。

レベッカに案内されて、ココとエイダンが入室した。

「紅茶をお持ちいたしましょうか？」

また鈴を鳴らす。

私の了承を確認し、レベッカは退出していった。笑顔を絶やさない、とても気が利く女性だ。

レベッカが退出した後、ココがベッドに走り寄り、私の手を掴んだ。

「アニータ先生！」

突然泣き出すので、戸惑ってしまう。

エイダンに助けを求めるように視線を移すと、盛大なため息をつかれた。

彼の鞄から私の透過図と検査表を出した。

昨晩、鍵付きの引き出しに入れておいたはず……

「先輩。鍵、かけるのを失敗していましたよ」

エイダンの話では、引き出しを閉めきる前に鍵をかけてしまったようで、鍵が外に飛び出していたらしい。

あの時、明かりを点けずに閉めたから、普段やらないミスをしてしまったのね。自分の失態が恥ずかしいわ。

そして朝、鍵がかかっていない引き出しをココが発見し、不審に思って中を確認して、私の透過図と検査表を見てしまったと……

透過図には、撮影ボタンを押した人物の名前が記載されているので、ココはエイダンを問い詰めたそうだ。

「アニー、タ、先生……」

嗚咽《おえつ》で言葉が出てこないようだ。

できれば、ココには知らせたくなかった。

知れば悲しませてしまう。

私なんかのために、可愛い顔がぐちゃぐちゃな泣き顔になっている。泣き止んでほしくて、彼女の頭を撫でる。

あぁ、泣かないって決めてたのに……

つられて涙が溢れてしまう。

「置いて、逝か、ないで、ください。私は、もっと先生と、先生と……」

「ありがとう……」

口の痛みも忘れて、私は言った。

こんなにも私を惜しんでくれることを、とても嬉しいと思う。

笑顔になろうとするのに、涙が後から後からこぼれてくる。

「ココ嬢、先輩が困ってます。困らすために来たんじゃありませんよ」

エイダンの淡々とした声が、とても安心する。

「はい、そうでした……」

ココは場所をエイダンに譲り、自分の鞄から組立式の点適用の台を組み立てはじめた。

「先輩、腕、出してください。診察します」

エイダンは診察をはじめた。

「唇に薬は塗りましたか？」

首を横に振る。

「ココ嬢、塗り薬とヘラを。先輩、口を開けてください」

言われて口を開ける。

「舌もひどい……っ！　首に薬を塗りましたか？」

隠していたつもりだったが、見えてしまったようだ。私は素直に首を横に振った。

「……ココ嬢、消毒液と包帯もお願いします。他に噛まれたところは？」

首を横に振る。

「辛いところはありますか？」

どうしようか迷ったが、手首を見せる。布によって擦り切れ、血が出た痕や内出血のため紫色に変色している部分もある。動かすのが少し痛い。

エイダンは下を向き、手を握りしめているようだ。

「……すみません。俺のせいです」

声を押し殺すように告げられた。

「浅はかにも、俺が挑発したから……。すみません、先輩。すみません」

下を向いて肩を震わせるエイダンに触れた。ゆっくりと彼は顔を上げた。

私は微笑み、首を横に振った。

エイダンのせいではない。ルイスを激昂させたのは私だ。

いつものように「ごめんなさい」や「愛しているのはルイスだけ」などと言って、彼の機嫌を取ればよかったのだ。苛立ちを抑えられず、今まで押しこめてきた気持ちをぶつけたのだから、この状況はなるべくしてなったことだ。

彼が責任を感じることではない。

「……俺の家に来ませんか？　ここにいたら、あいつに殺されてしまう」

エイダンの提案に驚いたが、私は首を横に振った。

彼は一瞬目を見開き、辛そうに目を伏せた。

「なぜですか……。こんな乱暴なことをされているのに、あんな男がいいんですか。先輩をボロボロにして、仕事だからと逃げたんでしょう。卑怯で最低な野郎じゃないか！　俺なら――」

彼の口に手を当て、言葉を遮《さえぎ》った。目と目が合う。とても辛そうな表情だ。

彼は唇を噛んで、立ち上がった。

「すみません、興奮しました。忘れてください。首に薬を塗るので、後ろ、失礼します」

淡々とした口調から冷たい印象を持っていたが、とても心優しい人だ。私のために怒ってくれているると思うと、少し心が軽くなる。

もしも弟がいたら、こんな風に心配してくれたのかもしれないと、想像してしまった。

手早く薬を塗り、首の付け根に包帯を巻き、治療魔法をかけてくれる。

首がじわりと温かくなる。

下手な治療魔法師だと、突然熱くなったり、何も感じなかったりするが、彼は本当に腕がいい。

「次は口と舌に薬を塗ります。しばらく水分は取れなくなるので、今のうちに一口水を飲みますか？」

私はうなずいた。

「ココ嬢、お水を先輩に」

ココが水をコップに移し、持ってきた。

ありがとうの代わりに微笑むと、ココも笑ってくれた。少し目が腫《は》れてしまったわね。

水を飲み干し、コップをココに渡す時、彼女に手招きした。近づいてきた彼女の目にそっと手を当て、治療魔法を施す。

「温かいです。あの時みたいに……」

あの時？

「思い出話は後にしてください。治療が先です」

少し不貞腐《ふてくさ》れたような物言いで、エイダンが割って入ってきた。

手には塗り薬とヘラをもっている。

ココと見あって、笑ってしまった。

「？　何が面白いんですか？」

除け者にされて不貞腐《ふてくさ》れるなんて、可愛いと思ってしまった。

二人といると、とても心が和む。

二人ともありがとう。

◇◇◇

人の気配を感じた。

エイダンとココが帰った後、寝てしまったようだ。日が落ちて、ベッドサイドのランプが点っていた。

視線を動かすと、私の手に額を押しつけるルイスの姿があった。

騎士服を着ているので、帰ってきたばかりかもしれない。

今は社交シーズンだ。

去年のこの時期は、ほとんど帰ってこなかったくせに、なぜいるのだろう。

こんな時には帰ってくるのかと、モヤモヤする。

「っ！　すまない、起こしてしまったな」

「……お帰りなさい」

痛む口でしゃべると、まだ声が掠れていた。

「……ただいま」

何か言いたげな雰囲気だが、彼はずっと私を見てくる。その表情はどこか苦しげに思えた。

「……すまなかった。嫉妬で、どうかしてた……」

昨日のことを謝られた。

怒っているのかと問われたら、どう答えていいかわからない。許さないとも、許すとも言葉にできない。

視線をそらすと、彼は少し強く私の手を握った。痛いわけではないが、彼の必死さが伝わるようで居心地が悪い。

「アニータが怒るのは当然だし、昨日の俺は最低だった。怒りが収まらないなら殴ってくれて構わない。どんな罵倒だって受け入れる。だから……仲直りしたいんだ」

何だか……腹が立った。

私は彼が握っている手を強引に引き抜き、寝返りをして、彼に背を向けた。

「……すまなかった」

苦しげな声が聞こえる。

謝る相手に背を向けるなんて心が狭いと自己嫌悪するが、彼と向きあうことが今はできそうにない。

「アニータ、愛してる。世界中の誰よりも、君を愛してる。だから――」

「やめて……。身体中痛いし、舌も切ったからしゃべりたくないの」

「……すまない」

カタンッと、椅子が動く音がした。

彼が立ち上がったんだろう。

「おやすみ、アニータ」

ドアの閉まる音と、聞こえなくなっていく足音。

「……っ」

自分で彼を拒絶し、部屋から追い出したのに……どうして、涙が出てくるのだろう。

あのまま側にいてほしかった？　いいえ、どこかに行ってほしかったわ。

「可愛げのない女め！」と暴言を吐いて、怒って出ていってほしかった。そうすれば、彼に恋い焦がれる気持ちなど打ち砕かれ、「あんな男！」と悪態をつけたのに。

肝心なところで、優しくしないでほしい。愛を囁《ささや》かないでほしい。

なんて残酷な男なの……

◇◇◇

「あ～、あ～、あいうえお」

翌朝、点滴や塗り薬の効果か、体調や口の中はとても良好だった。

ふと塗り薬を見ると、診療所で扱っている種類のものではないことに気がついた。容器にマーヴィル家の紋章が小さく刻印されていた。

恐らくだが、とても貴重な薬の可能性がある。

えっ……エイダンめ……

こんな高価な薬を使うなんてと怒ればいいのか、お礼を言えばいいのか、困ってしまった。

買い取るとなると、きっと私の治療魔法師の給料三ヶ月分が軽く飛ぶわ。

会ったら怒ることにしよう！

コンコン。ドアをノックする音がした。

「奥様、おはようございます。入室してもよろしいですか？」

「えぇ、どうぞ」

声をかけると、レベッカが入室してきた。

ワゴンの上に紅茶と花束が置いてある。紫色で釣鐘形の花。カンパニュラだ。

「旦那様から花束をお預かりしました。とても可愛らしい花ですね」

そう言って、レベッカは花束を私の前に持ってきた。花束にはメッセージカードがついていた。

『愛するアニータへ。ごめん。ルイスより』

「いかがなさいますか？　お部屋に飾りますか？　それとも玄関ホールにいたしますか？」

レベッカの少し困った笑顔が目に入った。

カンパニュラの花言葉に『後悔』がある。だからこの花を選んだのだろう。

自分の行いを後悔している。君に謝りたい。仲直りをしたい。

そんな意味合いが込められていると思うと、どこに飾るかによって、『許した』のか『まだ許してない』のか伝えることになる。

部屋に飾れば『謝罪を受け入れた』と思われるだろう。だが、まだ気持ちが追いつかない。

でも、このまま彼と仲違いしたままでいいのだろうか。最後の瞬間を迎える時……私は後悔しないだろうか……

視線を落として考える私を余所に、レベッカは花束を花瓶に移し、窓際に置いた。

「奥様……。差し出がましいとは思いますが、旦那様を少しヤキモキさせてもよろしいかと思いますよ。昨日今日で許せることではありませんでしょ？　ですが、奥様は旦那様を大切に思っていらっしゃる。花束を飾る場所に困るのなら、隠してしまえばよろしいのですよ」

そう言ってカーテンを閉め、花束を見えないようにした。

「気持ちが落ち着いたらカーテンを開けて、お気持ちを示されるのはいかがですか？」

レベッカの優しい笑顔が、朝日に照らされてとても眩しく思えた。

「ありがとう、レベッカ。いい案だわ」

「お褒めいただき光栄です。朝食はいかがなさいますか？　ダイニングで旦那様がお待ちですが、お部屋にお持ちしますよ」

どこかいたずらっ子のような笑顔だ。

「フフ、そうね。少しヤキモキさせちゃいましょ。部屋で食事するわ。ただ――」

「スープにいたしましょうか？　そのほうが喉越しもよろしいですね。エイダン先生から、お口に負担がかからないような食事にするように言われてますよ」

会った時に怒れないじゃない。

まったく……。フフッ。

「それでお願い」

「かしこまりました。紅茶を飲んでお待ちください」

レベッカはニコニコしながら退出していった。

ベッドから降りて、窓辺に向かった。

体が重い……

ルイスにボロボロにされたことによるダメージもあるが、病が進行していると感じる。

そろそろ、最後に向けて準備をしなくちゃ。やり残したことは……たくさんあるわ。

「フフ……。『苦しい時こそ背筋を伸ばしなさい』ね。マーサ」

マーサとは、幼い頃私の乳母をしてくれた東方出身の女性だ。優しくて、厳しくて……。両親よりも親らしく接してくれた大切な人だった。

両親は典型的な政略結婚で、私に愛情など持っていなかった。

両親の冷たい態度が悲しくて泣いていると、マーサに言われた。

『苦しい時ほど背筋を伸ばしなさい。ないものねだりしても、愛は得られません。だから、まず自分を愛してください。そして周りの人を愛してみて下さい。親の愛がすべてではありません。いろいろな愛があります。私がアニータ様を愛しているように、貴女を愛してくれる人はたくさんいるのですから』

両親の愛がすべてではない。その言葉に救われたわ。

それからは周りの人を大切にするようになり、使用人達からたくさんの笑顔を向けられた。

それは診療所に来る患者さんも同じで、病気がよくなって、笑ってくれると嬉しくなる。

私がいなくなっても、患者さんが治療に困らないよう、診察録を完璧なものに仕上げなくちゃ。

今日も頑張るぞ！

第五章　私の対決

午前の診療は体調を考えて休診にしたが、午後からはいつも通り診療室を開けようと思う。

朝食後、ルイスが部屋の前を訪れたが、レベッカに阻止されて入室はしてこなかった。

「今日は早く帰れると思うから、ディナーは一緒に取ろう。アニータ、愛してる」

扉越しの声は少し沈んでいるようだった。

「……いってらっしゃい」

小さく呟くように言った。

聞こえなかったと思ったのに「いってきます」と、声が返ってきた。

心が苦しい……

今まで放ったらかしにしていたくせに、今さら優しくしないで。前みたいに、勝手に仕事に行って、浮気して、何でもない顔をしていればいいのに、どうして今、私に構ってくるのよ。

◇◇◇

「次の人〜」

「アニータ先生。先程の方で最後です」

「わかったわ。ココ、お疲れ様」

今日も午後からの診療だったからか、患者さんに心配されてしまった。どちらが患者かわからないと思って笑ってしまった。

「……先生、体調は変わりありませんか？」

診療が終わったからか、心配そうにこちらを見てくるココ。患者さんがいる時はいつも通りキビキビしていたけど、心配していることを顔に出さず最大限のサポートをしてくれたのね。

「大丈夫よ。ありがとう、ココ」

「……エイダン先生に声をかけてくるので、先生はゆっくりしていてくださいね」

私の大丈夫という言葉を信じていないのだろう。険しい顔をされてしまったわ。

そんな顔も可愛いんだけどね。

ゆっくり待っていたい気持ちは山々だが、患者さんの診察録の記入や、備品の確認、器具の点検などがまだ終わってないのだ。

エイダンの診察が終わったら強制的に帰らされそうだから、彼が来るまでにさっさと終わらせようと急いで仕事を片付けていく。

今日も充実していた。

それもココの采配のお陰だろう。

今日は付き合いのある人がほとんどで、新規の患者さんはいなかった。きっと他の治療魔法師に割り振ってくれたのだろう。いつもは私が最後まで診療しているのに、今日は私が最初に終わったようだ。

診察録を書いて、備品の確認、器具の点検も一通り終わったが、エイダンもココもやってこない。どうしたのかと診察室の外を覗くと、言い争う声が正面玄関から聞こえた。

「アニータ先生の診療は終了しております。他の治療魔法師でしたらご案内できますので、そちらで薬を処方してもらってください」

ココの声だ。

「僕はアニータ先生以外に診てほしくないんだ。僕の傷に彼女も関係しているのだから、当然彼女が僕を診察するべきだ」

この声は前もやってきた若い騎士、ミハイルだ。

「お言葉ですが、騎士の方であれば、診療所ではなく騎士団の医務室に行くのが普通ではありませんか？　それとも、そちらで見せられないような場所を怪我されたのですか？」

うわ、小バカにした物言いだわ。

第三騎士団であれば、身分は平民と変わらない。多少無礼な物言いをしても罰せられることはないが、そうはいっても相手は騎士だ。実力行使に出られたらココに怪我をさせてしまう。

「あぁ、そうだ。彼女のせいでね。よって、僕は彼女の治療を受けに来たんだ。わかったらさっさと案内しないか」

「具体的にどこを怪我されたのでしょう？　診察を終了された先生にお話しするのですよ、早く終わる内容か把握する必要がございます」

「なんだと……。僕にそんな対応してもいいのか？　困るのはアニータ先生だ」

「困るのはそちらかも知れませんよ」

一触即発の雰囲気にたまらず、二人の会話に割って入った。

「何の騒ぎですか」

「「アニータ先生！」」

ココは悔しげな顔だ。

ミハイルは嫌みな顔をしている。

「この方がアニータ先生の診察を希望されたので、本日は終了したと言っても聞いてくださらないのです」

「僕の怪我は貴女のせいだ。あの時、僕を執務室で見たでしょ。ふふっ。貴女が治療するのが筋だ」

綺麗な顔をしているが、とても醜悪に見える。

まぁ、彼のやりたいことは見え見えだ。大方、ルイスが乱暴に彼を抱いて出血したとか、噛み痕がひどいとか、そんなところだろう。

要は私への牽制と自慢をしに来たのだ。

少し前は動揺してミハイルの治療をしていたが、今回は彼の思い通りにならない。

私に失うものは、もうないのだから。

「筋と言うのなら、貴方に怪我を負わせた人から治療費をいただかなければなりませんね。早速その方に連絡を取りますので、お相手のお名前をお聞かせいただけますか？」

こちらの冷静な対応に驚いているようだ。だが、それは一瞬のことで、小バカにした顔になった。

「わかっているだろ」

ずいぶんとなめたことを言う。

「……では、騎士団に連絡を取り、その方をここに呼びましょう。私の考えている方であれば、貴方様とのことは、内密にしていたいご様子でしたけれど」

あっ、顔色が悪くなった。

「貴方のことは遊びで、本当に愛しているのは私だけと懇願していましたわよ。彼をここに呼んだら、どうなってしまうのでしょうね？」

あらあら、顔が強ばってきたわ。ルイスに黙ってきたのね。

彼がここに来たら、どちらの味方をするのかしらね。秘密の恋人か、書類上の妻か……

「……ハッタリだ」

「ココ。今すぐ騎士団に連絡を。第三騎士団の騎士ミハイル様が怪我を負われたので、事情確認と治療費を持ってくるようルイス騎士団長に伝えなさい」

「正気か！」

「ええ。この場でハッキリさせましょう。それが貴方の望みでしょ？　だけど私、負け戦はしないたちなの」

　鼻で笑ってやった。

「ココ、連絡して」

「やめろ！」

「なぜでしょう？　こちらは筋を通そうとしているだけですわ」

「もういい、帰る！」

「そうですか。ではそれも騎士団に連絡をしておきましょう」

「何⁉」

　今さら慌てても遅いのよ。

「傷を負った騎士が来たのですよ。報告するのが筋ですわよね」

「くっ！」

　今までルイスを失うのが怖くて何も言い返さなかったし、こんな強気な態度は取れなかった。

　悔しげに顔を歪めるミハイルを見て、今までの溜飲が下がるようだ。

「……連絡しないでくれ」

「こちらは、貴方が言った筋を通したいだけですわ」

『筋』と言うと、面白いくらい悔しそうな顔をする。自分の言葉を引用されると悔しいわよね。

「……突然、押しかけて……申し訳、ありませんでした。怪我は気のせいでした……。ご迷惑を、おかけして……重ね重ね申し訳ございません」

悔しそうに謝罪してきた。この辺にしてあげようと思ったが、そうもいかないようだ。

診療所の正面玄関口に馬車が止まり、ルイスが現れた。手にはバラの花束を持っていたが、その顔は青ざめて強ばっている。

「これは……どういうことだ」

騎士服を着ているので、仕事終わりに寄ったのだろう。

私の日頃の行いがよかったから、女神様が味方をしてくれたのかしら。

これで……おしまいにしましょう。

「ご連絡前に迎えに来ていただけるなんて、お二人の心はしっかりと結びついているのですね」

笑ってやるわ、こんな状況。

「何でミハイルが？」

「えっと……医務室の薬品が足りなくなったので、お使いでこちらに来ただけですよ」

以前はそういう名目で来たことがあるが、その時は発注依頼書や医務室の代行札を所持していた。

しかし、今回は目のつくところにそういったものはなかった。

まぁ、彼が嘘をついても構わない。

ルイスが彼の嘘を信じても構わない。

真実を教えてあげるだけだ。

「彼は、私のせいで怪我をしたから私が治療するのが筋だと言って、業務終了後であるにもかかわらず押しかけてきたのよ」

「なっ！　違います。僕はお使いで」

「でしたら、医務室の代行札と発注依頼書を見せてください」

ミハイルは不敵に笑い、医務室の代行札を見せてきた。だが、発注依頼書はないようだ。

「先生、冗談が過ぎますよ」

苦しい笑顔ね。

「騎士団は、ずいぶんとずさんな管理をされているのね。代行札の返却確認をしていないようです」

「僕はお使いで来たんだ。騎士団を批判するなら連行するぞ」

睨んでくるが、痛くも痒《かゆ》くもない。

「あら、怖い顔。では発注依頼書はどこですか？」

「いっ、急いでいたから忘れた。口頭でもいいと職員に言われたんだ」

「それは、前もって発注依頼を受けていた場合のみです。どこの診療室に依頼されたのですか？担当者を連れてきますので、遠慮なくおっしゃってください」

「そっ、それは……」

すぐにわかる嘘をつくなんて、本当に浅慮ね。

「そう言えば、騎士団の医務室から代行札がこちらに落ちてなかったか連絡があったわね。貴方、もしかして……」

代行札を盗んだのかと、疑いの目を向けるとミハイルは慌てて否定した。

「紛失したものを見つけただけだ！」

バカね。

これで自分の持つ代行札は紛失していたもので、嘘をついていたと言ったようなものでしょ。

「もういい。部下が失礼した」

ルイスが話に入ってきた。

相変わらず顔色が悪いわね。

「無くなっていた代行札が見つかってよかったですわ。そうそう、あまり彼を叱らないであげてくださいな。いつも私に、貴方との睦事を聞いてもいないのに自慢したり、どこぞの令嬢と朝まで部屋から出てこなかったと教えてくれたりする親切な方ですから」

フフフ、二人して顔面蒼白ね。

「そう言えば、私の治療をご希望されていましたね。いかがなさいますか？　本日もお尻にお薬を塗ったほうがよろしいかしら？」

「本日も？」

ルイスがミハイルを睨みつけた。

あらあら、子鹿のように足が震えているわ。

「必要ないご様子ですので、私はこれで失礼いたしますわ。お大事にどうぞ」

きびすを返し、自分の診療室に戻った。

言いたかったことが言えてスッキリしたわ。

「アニータ！」

ルイスが追いかけてきて、無遠慮に肩を掴まれた。

「痛いわ……」

感情がこもらない声で呟いた。

小さな声だったが、ルイスには衝撃的だったのか、慌てて手を離した。

「すまない。その……話を……聞いてほしい」

言いにくそうな顔だ。今さら、どんな言い訳をするのかしらね。

冷めた目で彼を見上げた。

無言で「言いなさいよ」と圧をかける。

「ここでは……その……」

公衆の面前でこれ以上の醜態は晒せないのだろう。口ごもって何も言わない。

もう、どうでもいいわ。

「まだ仕事が残っているので、話は後日にしましょう」

「後日？」

どういうことか問うように、彼が視線を向ける。

「えぇ、考えることがあるでしょ？　お互い」

「……ディナーは……」

「お一人でどうぞ」

にっこりと微笑んでみせた。

只でさえ食事が喉を通らないのに、こんな状況で彼と食事しても、一口も食べられないだろう。

「アニータ。その……今は何も言えないが、必ず説明する。あと少しなんだ。俺を信じてくれ……愛してるんだ」

私の手を取って跪《ひざまず》き、懇願する彼の姿は、事情を知らない他人の目には求愛しているように見えるだろう。

頬を染めて喜ぶ場面なのだろうなと、ひどく冷めたことを思う自分がいた。

彼の手を払いのける私は、さながら悪女のようだろう。

「お引き取りください」

ルイスを振りきって診察室に入ろうとドアを開けた瞬間。

「くっ！」

腹部の痛みを感じた。

思わず姿勢が崩れ、ドアにしがみついた。

「アニータ!?　どうしたんだ？」

こんなタイミングで薬の効果が切れるなんて……。薬が切れる時間が早まっているの？

どうしよう、絶対知られたくない！

「先輩！」

エイダンの声だ。

「アニータ先生！」

ココの声もする。

二人の声を聞くと、安堵感を覚える。

「診療室に入りますよ！」

体の浮遊感を感じる。

「これはどういうことなんだ!?」

「処置の邪魔です。部屋から出てください」

「答えろ！」

言い争う声がするが、どんどん遠くなっていく。

「ココ嬢、追い出せ」

「処置が遅れると、苦しむのはアニータ先生ですよ！　そんなに先生を苦しませて楽しいのですか！」

「俺は夫だ！　妻の状態を知る権利がある！」

「今は処置の邪魔なんです！　苦しんでいる先生が見えないんですか！　さっさと出てください」

複数の足音がかすかに聞こえる。

「どうしたんだ!?」

「所長！　これから緊急処置をするので、この方を退出させるのを手伝ってください！」

「離せ！　俺は夫だ！　彼女の側にいさせてくれ！」

騒々しい音が遠退き、腕にチクリと刺激を感じた。

あっ、腹部が温かくなった気がする。

「先輩、少し寝てください」

エイダンの淡々とした声に、ほっと力が抜ける。意識はそのまま闇に吸いこまれて行った。

◇◇◇

時計の秒針の音がやけに大きく聞こえる。

ゆっくり目を開けると、辺りは暗いのに、白い天井であるとわかった。

ここは、診療所の病室だ。

目をゆっくり動かすと、点滴がぶら下がっているのが見えた。

「目が覚めたか」

ベッド脇の椅子にルイスが座っていた。

私の手を握っている。温かい……

暗がりの部屋なのに、彼が情けない顔をしているのがわかる。

彼は……知ってしまっただろうか。

……エイダンは言わないと思う。

患者の同意なく、病気の内容を伝える人じゃないもの。

でも、もしこの点滴が痛み止めではなく進行止めの薬であれば、診療所に勤める人に聞けばなんの病かわかるだろう。

知られたく……なかったな……

「俺は……君を失ったら生きていられない」

少し掠れた声だ。

「愛してるのは君だけだ」

愛……か……

彼に愛を囁《ささや》かれても……虚しさに胸を締めつけられる。

「ミハイルがいるでしょ」

私が死んでも、貴方には。

「ちがっ！　……俺は……自分の衝動が抑えられない時がある。五年前のスタンピードからだ」

彼はポツリポツリと話しだした。

五年前のスタンピードで、初めて『死の恐怖』を感じたことから、興奮が鎮まりきらず、暴走することがあったそうだ。

騎士団の医師に相談したところ、騎士にはよくある症状だとわかった。人間の『子孫を残さなければ』という本能が、死の恐怖によって爆発的に増幅されてしまうのだと彼は言った。

騎士については騎士団の医師が一番よく知っているので、その診断に間違いはないのだろう……

「魔物討伐をすると、その衝動が抑えきれず……乱暴なことをしてしまう。ミハイルは、症状を抑えるために協力してくれていた……。すまない、こんな自分を……君に……知られたく、なかった」

あの夜、まるで獣のように私に襲いかかってきたことを思い出した。

確かに、あんな行為を毎回強要されたら、私の体は壊れていただろう。ミハイルのように鍛えた騎士なら、受け止められるのかもしれない……

だけど……

「……辛かったわね。話してくれて、ありがとう。……だけど、もっと早く話してほしかった」

彼が、自分を抑えられなくて苦しんでいたのなら、ちゃんと話してほしかった。話しあって……理解したうえでなら、ミハイルとの行為を容認するなり、数回に一回は私が彼を受け止めるなりできたかもしれない。

何も教えてくれなかったから、ずっと……悲しかった。

「……すまなかった」

「……ミュラー侯爵令嬢は？　他の人達は？」

「……」

辛そうな表情だ。

悲しいのは私のほうなのに、そんな顔をするなんて卑怯ね。

「必ず説明する。全部話すから……待っててほしい」

それはいつなのかしらね。気の長い話だわ。

そう思って気がついた。

彼は、私の病気を正確には理解していない。

私に約束できる明日がないことを、知らないのだ。

「フフフ」

乾いた笑いが込み上げた。

「アニータ?」

「わかったわ。無理に聞いたりしない」

だから、私の病気のことも無理に聞かないで。

「俺を、許してくれるのか?」

「説明しなかったことは許してあげる。でも、ミハイルのことは……少し考えたい」

病気だった、仕方なかった……そう、理解はできる。思い返せば、五年前のスタンピードの救護所で、騎士数名が暴れたことが頭をよぎった。

ルイスの言っている『性欲を抑制できなくなる病』はあると思う。彼は優しいから、私に無体なことをしたくない、幻滅されたくないと考え、言わなかったのだと理解はできる。

はじめに相談されていれば、気持ちも違ったし、別の選択ができたと思う。

しかしそれをしなかったのは、私を信頼していないからだろう。

「君の病気は何なんだ?」

唐突な切り出しだった。

思わず彼を見た。真剣な瞳だ。

「聞いてないの？」

余命わずかとは知らないとわかっているが、どんな説明をされたのか気になった。

「誰も……教えてくれなかった。この前屋敷に来た彼は『知りたければ先輩に直接聞け』の一点張りだし、所長も『詳しく知らないから、自分から言うことは何もない』と取りあってくれなかった」

彼が目を伏せた。

おそらく、辛辣な言葉をいわれたのだろう。エイダンもそうだが、所長もルイスの噂に眉をひそめていたから。

「あの苦しみ方は普通じゃなかった。お願いだ、教えてほしい」

私の手を握る力が強くなった。

本当のことを言うのか、誤魔化《ごまか》すのか。私は……

「……聞いてどうするの？」

「え？」

「貴方に何ができるの？　私は治療魔法師で、病に関しては貴方より詳しいわ。国を代表する宮廷医師局長のネイサン様とお会いしたこともある。貴方に話したところで、何もできないでしょ？」

彼を突き放した。

「たっ、確かに、俺には医療の知識はないに等しい。だが、君が病で苦しんでいる時に、側で支えることはできると思うんだ」

「今さらね」

吐き捨てるように言うと、彼の体が少し跳ねた。

「自分を抑制できないことで、苦しんでいたのは理解できるわ。でも、それを話さなかったのは、私を信頼していなかったからでしょ」

「それは違う」

「それとも、私を侮っていたのかしら？　気づかないだろうと、バカにしていたの？」

「違う！　君を守りたかったんだ！」

必死に否定してくる。

でも……今は受け止めることができない。

彼の言葉がすり抜けていくようだ。

「すまなかった。話さなかったことで君を傷つけたことはいくらでも謝る。すまなかった。今後は君にすべて相談する。愛しているのは君だけなん――」

「考えさせて」

彼の言葉を遮《さえぎ》った。

これ以上……聞いていたくなかった。

「一人で考えたいの……」

「……わかった。日を改める」

ゆっくりと彼が立ち上がった。

彼の姿をまともに見られなくて、視界に入れないようにした。

遠ざかる足音が妙に大きく聞こえた。

ドアを開ける音がする。

「俺を……捨てないでくれ……」

ポツリと呟いた彼の言葉は、部屋の暗闇に消えた。

無性に泣きたくなった……

◇◇◇

「で、どういうことなんだ？」

早朝、所長がエイダンを伴ってやってきて、開口一番に言われた。

病室は個室なので、大声を出さなければ外には聞こえない。

「アニータ。嘘や誤魔化《ごまか》しは許さないぞ。エイダンが使用していたのは進行止めと痛み止めだった。いつからだ。相談している医師はいるのか？　いないなら俺が懇意《こんい》にしている人に声をかける。まったく……病気になったのなら早めに言えよ。治療魔法師なんだから、病の進行は時間との戦いだって知っているだろ」

所長の口ぶりでは、病に侵されている以上の情報は持っていないようだ。

きっとエイダンが言ってないのだろう。

本当にできた後輩である。

「黙っていてすみませんでした。病気は、宮廷医師局長のネイサン様に相談しています」

「ネイサン様⁉　ずいぶんと大物に相談したんだな。お前、知り合いだったか？」

所長の問いにどう答えようか迷っていると、エイダンが口を挟んできた。

「俺が紹介しました。他言無用でお願いしますが、ネイサン様は俺の叔父です」

「叔父⁉」

驚いた様子だが、それ以上は聞いてこなかった。

「ごほんっ！　それで、手術はいつなんだ？　術後の経過観察の時期もあるから……一ヶ月は休養するんだぞ。アニータの抱えている患者はみんなで分担するから、安心しろよ。もちろん、体調に不安があるなら、もっと長く休みを取れるように調整するから、遠慮なく相談してくれ」

所長のいつもと変わらない明るい対応に、どうやって話そうかと困ってしまう。彼は私が治ることを前提に話を進めているのに……どう説明すればいいのだろう。

「先輩……」

エイダンと視線が合う。

言いづらいなら自分が伝えますよと言っているように感じた。

私は首を横に振った。

これは私が伝えるべきだ。

「手術はしません」

まっすぐ所長の目を見て告げた。

所長は驚いて目を見開いた。そして眉をひそめた。

「アニータ、いくら旦那に仕返ししてやりたくても命を粗末にするな。男なんか星の数ほどいるんだ、死ぬくらいなら離婚して、新しい人生を歩めよ。手術費用は慰謝料代わりに旦那に出させろ。住むところは、不動産屋に知り合いがいるから、治安がよくて割安の物件を探してやる」

「え？　あの、所長……」

「大丈夫だ。復帰したら給金も上げてやる。お前の腕があれば、一人でだって食っていけるさ」

所長の言葉に戸惑ってしまう。

私が死ぬと思っていないことに、胸が締めつけられる。

「所長！」

エイダンがたまらず声を出した。

私は笑顔でそれを制止する。

「所長、私……内臓がもう癒着していて、手術はできません。ネイサン様にも匙《さじ》を投げられて、今は治験に参加しているんです」

所長の顔色が悪くなっていくのがわかった。本当に治る見込みがないとわかったのだろう。

「冗談……だろ……」

私はゆっくりと首を横に振り、その言葉を否定した。

「なん……で……、何でそんなになるまで……アニータ、嘘……だろ」

所長が視線を落とした。

「このことは？」

「エイダンとネイサン様、受付嬢のココが知っています。それ以外には伝える予定もありません」

所長と視線が合った。

「そう、か……。何か俺にできることはあるか？　やりたいことや、会いたい人とか……」

「一つだけ。このことは誰にも言わないでください。せめて私が診療所を辞めるまで。今の生活を、普通に続けたいんです。私にはそれが最高の幸せだと思います」

そこに偽りはない。

やりがいのある仕事。

大好きな人達との時間。

これ以上を望んでは罰が当たるわ。

「……旦那はどうするんだ？」

所長に痛いところを突かれて、思わず視線を落としてしまう。

ミハイルとのことは仕方なかったと、簡単に割りきれたらいいのに、心のモヤモヤが邪魔をして、一晩考えても、答えにたどり着けなかった。

「まだ……わかりません」

「……大きなお世話だと思ったが、昨日、騎士団の医師に連絡を取った。詳しい話は個人的な問題になるからと教えてもらえなかったが、騎士の職業病みたいなものだと言われたよ」

「そう……ですか……」

少し驚いた。

ルイスの言っていたことを所長が聞いていて、裏付けを取ってくれたのだ。

昨晩ルイスと二人きりだと思ったが、所長は近くにいたのだ。思い返せば、私が気を失う前にルイスは、かなり取り乱していたように聞こえた。

そんな人物と病人を二人きりにするわけがない。

「大抵は薬で症状を落ち着かせるらしいが、薬が合わなくて症状を悪化させる奴もいるらしい。合う薬が見つかるまでは男娼を宛てがう場合もあるそうだ」

男娼……。ミハイルがその役を担っていたということだろう。

「なんだ、その……。女房がもし浮気してたら、正直俺だって許せないと思う。深い事情があったとしても、裏切られたという気持ちは、ずっと心の中にしこりとして残っちまうな。だから、無理に許そうと思わなくていいと思うぞ」

所長は頭を掻きながら話した。少しぶっきらぼうで投げやりな言い方だが、私のことを心配しているのが窺《うかが》える。

「だが、心残りにはするなよ。ぶん殴ってもいい、泣き叫んでもいい、お前のせいだとなじってもいい。心に溜めこんだ気持ちをぶつけるのも大切だ。後悔のないようにな」

『心残りにはするな』

その言葉が心にグサッと刺さった。

第六章　私の歩み寄り……

「先生。診療所、辞めちまうのかい？」

腰痛の治療で通ってくるおばあちゃんに、治療魔法を施している最中に話しかけられた。

いつもは飲んだくれの旦那さんの愚痴を聞かされるのに、今日は違った。

「え!?」

「待合室はその話で持ちきりだよ」

いつ限界が来てもいいように、常連の患者さんの診察録をまとめはじめていた。そのためにいろいろ問診してしまったから、勘の鋭い奥様方に見抜かれたようだ。

「ナヴィさんですか、話の出所は」

「シシリーも一緒に言ってるよ」

朝一番に来た人達だ……

「今すぐじゃないですよ」

「そうかい。先生は若いんだから、子供を産んだ後は復帰してちょうだいね」

「え!?」

子供？

どんな話になってるの!?

「妊活するんだろ？　旦那さんと結婚して十年だっけ？　そりゃ、そろそろ子供が欲しくなるさな。先生は売れっ子だから、忙しすぎて子宝に恵まれなかったんだろうね。ここいらで腰を落ち着かせて励むのも、悪くないさな。アハハハハ」

あ～……

ナヴィさんに「子供はまだなの？」って聞かれた時に、「忙しくてそれどころじゃないですよ」って答えたんだったわ。

辞める＝忙しくなくなる＝子作りに専念する。

ナヴィさんの家は子供が十人いるから、彼女なら妊活すると受け止めるかも。

「子供はいいものだよ。大変なことばっかりだったけど、それ以上に幸せだったさ」

とても優しい声色だ。きっと家族のことを考えているのだろう。

「フフ、そうみたいですね」

患者さんとこうやって話していると、心が落ち着くわ。そして、羨ましく思ってしまう。

その日の診療も、夕方には終わってしまった。

所長やエイダンには、夜何かあった時に対応できるからと入院するよう説得されたが、普段通り帰ることにした。

帰ってルイスと話そう。

どうなるのか、私にもわからない。

だけど、心残りのないようにしたいと思った。

◇◇◇

コンコン。

屋敷の自室のドアをノックする音がした。

私は他国で発表された論文から目を離さずに、「どうぞ」と返事をした。

「奥様」

レベッカだった。

「お食事のご用意ができました。あと、旦那様がお戻りになりました。お出迎えなさいますか?」

まだ十七時なのに、ルイスが帰ってくるなんて珍しい。いや、これから夜会に行くために帰ってきたのかもしれない。論文を机に置いて席を立った。

「えぇ、行くわ」

「おかえりなさい」

二階の階段上から声をかける。

ルイスは少し驚いたように目を見開いたが、嬉しそうに瞳を細めた。

「ただいま」

荷物を従者に預け、二階まで駆け上がってきた。

「診療所に見舞いに行ったら帰ったと言われたよ。……体はいいのか？」

「えぇ。それより、話をしたいのだけど、今夜は屋敷にいるの？」

極力笑顔を心がける。

「もちろん！　これからがいいか？　それとも食事の後にしようか？」

神妙な面持ちだ。

逃げずに話しあう気はあるようだ。

「食後にしましょう。せっかく用意してくれたんだもの。温かいうちに食べたいわ」

料理長が私のために特製卵リゾットを作ってくれたと聞いていたので、無下にはしたくないと思った。

「わかった。ダイニングルームまでエスコートするよ。掴まって」

彼の手に自分の手を乗せて、私はゆっくりと階段を下りはじめた。

ただ、病が進行しているから体全体にだるさを感じてしまい、動くのがぎこちなくなる。

すると、急にふわっと浮遊感を感じた。ルイスが抱き上げたのだ。

「ルイス⁉」

「体調が悪いなら、無理にダイニングで食べなくても大丈夫だ。どうする?」

優しい笑顔。

触れる手も優しい。

「ダイニングに行くわ。ルイス、ありがとう」

お礼を伝えると、私の従者だった頃の優しい笑顔がそこにあった。


食事も終わり、私達は夫婦の寝室にやってきた。彼は今、隣の部屋でシャワーを浴びている。

私はベッドの上で、先ほど読んでいた論文に目を通していた。

医療大国ボルティモア王国で数年前に発表されたものだ。当時は多くの医師にバカにされていた。

発表者は『エル』。

年齢、性別、出身すべて不明。

どこに住んでいるかもわからない謎の医療研究者だが、医療大国ボルティモアが誇る医療研究所の特別顧問として約百年前から登録されている。

『エル』は時折論文を発表し、突飛な発想で研究員や世界の医療関係者に衝撃を与える。突飛すぎてバカにされることも多いが、数年後、数十年後に他の研究者にその理論が正しかったと理解されている。

正体不明のエルには、数々の噂がある。

エルの年齢は四百を超える老人だとか、精霊が人間に化けて論文を書いているとか、エルの思想を受け継いだ弟子が何人もいて、何代にもわたって『エル』として論文を発表している、とか。

私が読んでいるのは、『臓器移植』という題の、数年前に発表された論文だ。

悪くなった臓器を取り出し、他人の臓器を移植するという内容だ。

発表された当時は失笑され、教会からは『人体への冒涜《ぼうとく》だ！』と激しく非難された。

一部の医療関係者が臓器移植に挑戦したそうだが、すべて失敗に終わっている。

他人の臓器を入れるのだ。拒否反応を起こして当然だろうと思うが、拒否反応を起こさずに移植できたなら、救われる命の数は計り知れない。

奇跡のような治療法だと言える。

この病になって、一度は考えた治療法だ。

だが、私のように臓器が癒着してしまっている人は、手の施しようがない。

こんな論文を読んでも、何にもならない。

無理に手術しても、当然失敗して終わるだろうが、失敗も今後の医療に役立つかもしれない。

そう思うと、エルが発表した論文を何度も読み返してしまう。

ガチャッ。

浴室の扉が開き、頭をタオルで拭きながらルイスが現れた。

ゆったりとした黒いズボンに白いシャツを着ている。前ボタンを留めてないので、彼の体に刻みつけられた火傷《やけど》の痕が見える。

肩口から脇腹下までの火傷《やけど》だ。

五年前のスタンピードでサラマンダーの火を受けた時の傷だと聞いている。

「何か飲むか？　酒……いや、紅茶を淹《い》れようか？　今王都で流行っている茶葉を買ってきたんだ。お茶菓子のケーキもある」

「シャルロットの茶葉とケーキ？」

最近オープンした人気の喫茶店だ。ケーキは有名で、すぐに完売してしまうらしい。

「あぁ。チョコケーキとイチゴのケーキを買ってきたよ。買った茶葉にはイチゴのケーキがとても合っていたが、どうする？」

合っていた？

それは……

「そうね。じゃあ、イチゴにするわ。……人気店だから、お店で食べたことがないのよね。どんなところだった？」

声……震えてないかしら……

「二階のテラスから町並みが見えて、とても素敵な場所だったよ。今度アニータと一緒に――」

ルイスの言葉を遮《さえぎ》って、私は立ち上がった。

シャルロットの二階のテラス……

「アニータ？」

私の行動に驚いているルイスにムカムカする。

いつもなら、適当なことを言って自分の部屋に逃げこんだと思う。

「誰と行ったのよ」

自分には時間がないのだ。

言いたいことは、今、言っておかないと後悔する。それに、不思議と怖くなかった。

ルイスを失うのが怖くて、今まで聞き分けのよい妻を演じてきた。

もう、辞めるわ。

「シャルロットの二階のテラス席、そこはカップル専用の席なのよ」

「え⁉」

「最低ね」

「ちっ、違うんだ。仕事で」

浮気男の典型的な言い訳ね。

反吐《へど》が出るわ。

「仕事なら、相手が誰か言えるわよね」

「そ、それは……」

「仕事なんて、嘘なんでしょ」

「嘘じゃない！」

「じゃあ、誰なの」

「今は言えない。それ以上は聞かないでくれ」

「浮気してるから？」

「っ！　違う！」

「紅茶とケーキを下げて。浮気相手と選んだものなんかお断りよ」

「違う！　これは俺が仕事の合間に買ったんでしょ。最低」

「浮気という仕事の合間に買ったんでしょ。最低」

「違うよ！　どうしたんだ、アニータ。君らしくない」

彼は立ち上がり、私の頬に触ろうと手を伸ばしてきたが、私はその手を払いのけた。

「汚い手で触らないで」

自分でも驚くほど冷たい声が出た。

「いつまでも聞き分けのよい女だと思わないで。他の女に触った手なんかお断りよ。ミハイルの件もそう。一日考えたけど、許せそうにないわ」

動揺しているルイス。

私も心臓が壊れそうなほど動悸がする。

「ミハイルとは医師に勧められたことだ。症状を落ち着かせるための処置であって、気持ちなんかない。愛してるのはアニータだけなんだ」

「気持ち悪いわ」

「っ！」

「ルイス、逆の立場なら、貴方は耐えられるの？　許せるの？　同性なら浮気にならないと思っているの？　ふざけないで!!」

自分でも驚くほど、大きな声が出た。

「……すまなかった」

「わからないと思ったんでしょ。騎士団の中のことはそうそう出回らないと思って、私のことを侮っていたんでしょ」

「ちっ、違っ」

「何が違うのよ。病気のことも私に相談してくれたらよかったじゃない！　町の治療魔法師では力になれないと見下していたの⁉　バカにするのも大概にしなさい！」

大声を出したせいで息が上がってしまい、思わず胸を押さえた。

きっと顔色も悪いだろう。

「アニータ、そんなに興奮するのは体に」

「誰と店に行ったの」

体が重くて辛い。

意図せず彼を睨みつけてしまう。

「答えなさい、ルイス」

『苦しい時ほど背筋を伸ばしなさい』

わかっているわ、マーサ。

気力で背筋を伸ばす。虚勢でも何でも使って、私は真実を知りたい。

「いっ、言えないんだ」

彼は言い淀んで、目をそらした。

不意に気がついた。

『言えない』とは、誰かに口止めされている？

『仕事で』とも言っていた。

「質問を変えるわ。誰に命令されてその人物に会ったの？」

彼がこちらを見た。

図星だ。

「答えなさい！」

「……すまない、言えない」

しばらく見つめあった後、彼は視線をそらした。

ここまでね……

「わかったわ。離婚しましょう」

「アニータ！」

「私より、その命令を優先するのでしょ」

「そうじゃない！」

「もう……うんざりよ。さようなら」

吐き捨てるように告げた。

もう話すことはない。

私は自分の部屋に帰ろうと歩き出した。

「待ってくれ！」

ルイスに肩を掴まれたが、私は再びその手を払いのけた。

「充分待ったわ！　これ以上は耐えられない」

「アニータ、お願いだ。待ってくれ、お願いだ。……俺はその御方に忠誠を誓っている。君を守るためだ」

私を守るため？　何を言ってるの？

「私の心をズタズタにしておいて、何が守るよ。何を守ったのよ！」

「君の、命を……」

私の命？

どういうこと？　いつの話？

「その御方と取引をして、君を助けた。平民だった俺の取引に応じてもらう代わりに、忠誠を誓った」

平民だった俺？

騎士団長になったことで彼個人が『騎士爵』になった。ということは、五年以上前からその人に忠誠を誓っていたことになる。

五年以上前で、私の命が脅かされた時。

思い当たるのは、両親が引き起こした、違法カジノや違法奴隷の事件だ。

ルイスが『その御方』と言っていることから、相手は高位の人物であると考えられる。

あの事件で、私の命を助けることができて、ルイスに会い、取引ができた人物。

そして、ルイスがこんなにも固く口を閉じているのは、私に伝えてはいけないと厳命されているからだろう。

なぜ？

それは……私を通してこの非人道的な命令が『誰か』に伝わるのを恐れているからだ。

ということは、ルイスに命令を下した人物は——

「ヴィッセル公爵に伝えなさい。私が近々会いたいと言っていると」

「そっ……それは……」

「一週間以内に返事がなければ、ミュラー侯爵に情報を流し、最愛の娘にこのことを伝えます」

ルイスが絶句した。

少ない情報で、私がその御方が誰なのかわかったことに驚いているのだろう。

なめられたものね。

十年も昔のこととはいえ、貴族の令嬢としてそれなりに勉強をしていたのだから、わからないはずがないでしょう。

私達夫婦の関係を引っ掻き回し、不誠実な対応をした公爵には、きっちりお礼をさせてもらうわ。

第七章　ルイスの独白

愛する人を守るために、俺は魂を売った。

『王都を救った英雄』。

こんな称号いらなかった。

俺はただ、アニータと幸せになりたかっただけなのに……

俺はヤーマン伯爵家に忠誠を捧げる騎士の家に生まれた。

騎士といっているが、伯爵家に仕える家なので、身分は平民に分類される。

アニータが生まれてから、父親から俺の主人は彼女だと言われて育った。

はじめて主人となる彼女に会ったのは、俺が十五歳の時だ。

少し癖っ毛で、ふわふわした金髪。大粒の宝石のようなエメラルドグリーンの瞳。

可愛らしい天使がそこにいた。

「アニータお嬢様。息子のルイスです。今日から貴女様の見習い従者として、お側に置かせていただきます」

父親の紹介を受けて、俺は天使に挨拶をした。

「ルイスです。どうぞよしなに」

片膝をつき、天使の前で騎士の礼をした。

なかなか声をかけられないので、頭を上げることもできず困っていると、「アニータ様、何かお話しください」と、乳母のマーサ殿が助け船を出してくれた。

「あの、えっと……綺麗な夕陽みたいね。よろしく、ルイス」

少し顔を赤らめて微笑まれた。

無防備で愛らしい天使に、俺は一瞬で恋に落ちた。生涯この方を守り、お仕えしようと思った。

アニータは容姿もさることながら、人柄も天使そのものだった。町で時折見かける貴族は傲慢《ごうまん》で、平民を換えのきく部品のようにしか思っていない者ばかりだった。

しかし、アニータは使用人を見下したりせず、紅茶を淹《い》れるだけで「ありがとう」や「美味しい」など、感謝を伝えてくれる。

使用人一人一人の誕生日を把握していて、本人のお小遣いの中からプレゼントを用意していた。

そんな彼女は、使用人からとても慕われていた。

ただ、ご両親との関係は冷めきっていた。

彼女が歩み寄ろうとしても、決してご夫妻が応えることはなかった。

「旦那様は幼い頃、ご両親を事故で亡くしているそうよ。そこに奥様のご実家が、結婚を条件に支援を申し出たらしいわ。汚い手よ。でも旦那様は残されたあの方のために……」

乳母のマーサ殿が一度だけぼやいたことがあった。

「あの方？」

「……いつかわかるわ。要するに、お二人は政略結婚だから、家族としての情をお持ちではないのよ」

「そうだとしても、お嬢様が可哀想です」

その時、乱暴に頭を撫でられた。

「そう思うなら、どんな不幸からもお嬢様を守れる男になってちょうだい」

まるで母親のような口振りだった。


アニータが十歳になる頃、貴族学園に行くための家庭教師を雇うことになった。乳母は不要と判断され、マーサ殿は屋敷を去った。

最後の挨拶の時、アニータをギュッと抱きしめる姿に、思わず泣きそうになったのを覚えている。

◇◇◇

アニータが十五歳を迎えると、貴族学園に通うことになった。

花が咲き誇るように美しく成長したアニータはとても魅力的だった。

しかし、俺は従者であり護衛だ。

邪な思いは墓場まで持って行くと自分を律し、アニータを支えようと勉学や剣術も精進を重ねた。

そして、貴族学園に通いはじめてしばらく経った頃、事件は起こった。

ヤーマン伯爵家が違法奴隷の売買や違法カジノの運営に携わり、収益を得ていたと発覚したのだ。しかも、アニータが持ち出した裏帳簿が発覚の要因になったというのだから、屋敷は大騒ぎになった。

俺や他の使用人達も全員捕まり、王都の屋敷に監禁された。

伯爵様と奥様、従者兼護衛の父親は王宮の地下牢に、アニータは王宮の一室に監禁されていると、騎士がしゃべっているのを聞いた。

そして、このまま罪が確定すれば一家全員投獄、もしくは毒杯を強要される可能性があると……

伯爵様と奥様が罪に問われるのは仕方ないと思うが、アニータは何もしていない。ただ、運悪く二人のもとに生まれてきただけなんだ。

俺はアニータを救うため、何かできないかと考えた。平民の俺がアニータの無実を訴えても、あしらわれるのが関の山だ。何かできることは……

外で物音がした。

「書斎の書類はこれで全部か？」

「夫婦の寝室がまだ未調査だと連絡を受けている」

「はぁ～、これが終わったらそちらに合流だな」

「あぁ、まだ関与した奴らの情報が出てない」

「こんなに探してるのに……。用心深い伯爵のことだ、そう証拠を残しておくとは思えん」

「そうだな。娘の持ってきた裏帳簿がなければ、伯爵が関与していたこともわからなかったからな」

今回の違法奴隷や違法カジノの件は、伯爵だけの仕業ではないが、関与している他の輩の情報が掴めないということだ。

伯爵は用心深く、いまだに尻尾《しっぽ》を出していないと言うことか……

その時、不意に父親が日記を書いていたことを思い出した。

日記は、この監禁されている部屋にある。

父親の荷物から日記を取り出してみると、そこには伯爵がミュラー侯爵に会ったことや路地裏の怪しい店に入ったこと、その他何名かの貴族の名前が記載されていた。

これを交渉の材料にして、アニータを救うことができるかもしれない。

俺は騎士に交渉を持ちかけた。


「アニータ嬢の件は善処してやる。私も娘に恨まれたくはない。だが、ヴィッセル公爵家に忠誠を誓うことが条件だ」

ヤーマン伯爵家の調査の総責任者であるヴィッセル公爵閣下との謁見の機会を与えられ、アニータが罪に問われないように取り計らうことを約束してもらった。

俺の期待通り、父親の日記はこの上ない交渉材料になった。

父親は共犯を疑われたが、日記が関与した他の貴族を洗い出す証拠となったことで、無事に解放されたそうだ。

「ヤーマン伯爵は捕まえたが、ミュラー侯爵はこの証拠だけでは引っ張ってこられない。他の奴らもそうだ。だが、今まで中立派だと思っていた奴らの名前が浮上したのは大きな収穫だった。もしかしたら奴らは、アニータ嬢に接触してくるかもしれない。お前はアニータ嬢を見張り、奴らの情報を掴むんだ。あと、お前を騎士団に推薦しておく。平民でも実力があれば上に上がれるし、食いっぱぐれることはない。ついでに騎士団内の情報も探るんだ」

公爵閣下は一見恐ろしい風貌だ。

この方に睨まれると、思わず背中がビクつきそうになる。だが、内面は面倒見のいい人だと思った。

『アニータ嬢を見張れ』は、アニータを側で守れ。

『騎士団を探れ』は、新しい就職先を斡旋《あっせん》してやる。

そんな風に受け取れた。

俺は片膝をつき、騎士の礼をとった。

「ヴィッセル公爵家に忠誠を誓います」

こうするしかなかった。

ヴィッセル公爵家の隠れた番犬になることに、その時はそれほど危機感を感じなかった。

騎士になったところで俺は平民。しかも、ヤーマン伯爵家から鞍替えした男だ。

忠誠を誓ったところで、はじめから忠誠を誓っていた人々とは一線を引かれるはずだ。

俺の信頼度はマイナスからスタート。

それでいい。

信頼できない相手に重要な仕事は任されない。

そう……高《たか》を括《くく》っていた。

◇◇◇

「お嬢様」

「……もう、お嬢様じゃないわ」

ヤーマン伯爵や奥様が投獄され、十五歳の少女は仕えてくれた使用人達のために奔走していた。

全員に紹介状を渡し、痛々しい憔悴した面持ちで「ごめんなさい……」と彼らに謝っていた。

「どうか気を強くお持ちください」

「我々なら大丈夫です」

彼らの慰めを受けると、彼女は大粒の涙を流しながら、さらに何度も謝るのだった。

すべての使用人に紹介状を渡し、王宮の文官にヤーマン伯爵領にある屋敷を明け渡した後、二人でトボトボと歩いた。

彼女が幼い頃、マーサ殿と一緒によく来ていたシロツメクサの丘に着いた。

ここからはヤーマン伯爵領が一望できて、海も見える。

風が頬を撫でる。

彼女は丘の上に立ち、じっと領地を見ていた。

そこに立っているはずなのに、彼女が風で掻き消えてしまうのではないかと思うほど、儚げだった。

彼女を慰めたい。彼女を少しでも笑わせたい。

その一心で、昔、彼女やマーサ殿から習った花冠を急いで作った。だが、久しぶりだからか……いや、もともとうまくなかったからか。花冠とは呼べないような出来だった。

「フフッ……。相変わらず下手ね」

それを見ると、彼女もしゃがんで花冠を作り出した。元来手先が器用な彼女は、あっと言う間に完成させた。

「綺麗ですね」

「はい、どうぞ」

微笑みながら俺の頭に花冠を載せてくれるが、その瞳は赤く腫《は》れて、痛々しかった。

「……ルイス。こんなことになって、本当にごめんなさい。わたくしが余計なことをしなければ、みんなの生活を壊すこともなかったのに……」

「それは違います。みなも言っていましたが、こうなったのはお嬢様のせいではありません。責められるべきは、違法行為を行っていたご夫妻です。お嬢様は立派です。お嬢様が悪事を暴いてくださったことで、助けられた命があると聞いています」

彼女は何も悪くない。

むしろ、違法奴隷として売られそうな人々を助けたのだ。

「えぇ、そうね。でも、貴方達の仕事先をなくし、生活を壊してしまったことも事実だわ。大切な人達を苦しめた。とても罪深いわ……」

「……そうですね、貴女は罪深い。一人ですべて抱えこもうとする」

どんな慰めも、今の彼女に届かない。

彼女は誰かに罵倒されたがっていると、そう感じた。

「貴女は、私達の大切なアニータお嬢様を苦しめてばかりいる！」

彼女は大切なお嬢様なんだ。

ご自身であろうと、苦しめていいはずがないのだ！

「貴女は我々の生活を台なしにしたと嘆かれますが、我々は大変な目に遭った人達を犠牲にして、その生活を送っていたのです。貴女が罪深いなら、我々だって罪深い。その罰を全員が受けた。それだけです。ただ、それだけなんです」

彼女の瞳から大粒の涙が流れ落ちた。

俺は彼女を抱きしめた。

「貴女だけが悪いんじゃない」

「っ……ひっく……」

嗚咽《おえつ》混じりの声が胸を締めつける。

「それでもご自身を許せないのなら、許せるように、二人で考えましょう」

彼女の肩がピクリと跳ねた。

「貴女が立ち上がれないなら、私が一緒に立ち上がります」

「っ！」

少し強引だったが、彼女と共に立ち上がった。

「私と一緒に生きてください」

彼女から少し体を離し、その手を取って跪《ひざまず》いた。そして、彼女の手の甲にキスをする。

「ずっとお慕いしておりました。世界中が貴女の敵になろうと、俺が貴女を守ります。どうかこの先の未来を俺と共に歩んでください」

一世一代のプロポーズ。

傷心の彼女に付けこむようだが、この手で幸せにしてあげたい。その一心で言葉を紡いだ。

「わたくしもずっとルイスが好きでした。はい、残りの人生を貴方と共に歩みたいです」

目は赤く腫《は》れていたが、嬉しそうに微笑んだ彼女の顔を、俺は一生忘れないだろう。

◇◇◇

結婚後は本当に幸せだった。

アニータは貴族令嬢だったため、家事全般ができなかった。それは当たり前だ。しかし、手先が器用で、真面目で努力家なので、一ヶ月もしないうちに教えることがなくなってしまった。

彼女の作るオムライスは、卵がふわふわで、少し甘い味付けだ。中のチキンライスはピリ辛にしてあるので、卵と食べると絶品だ。さらに、ソースにこだわっているそうで、毎回微妙に味付けを変えては「美味しかった？」と、少し不安げに聞いてくる。

「美味しかったよ。ありがとう」

そう答えると「よかった」と、花がほころぶような笑顔を見せてくれる。

可愛くて愛しい人だと、幸せを噛みしめる毎日だった。

俺は第三騎士団の見習い騎士になり、訓練と雑用、それに後方支援ではあるが魔物討伐に駆り出されるようになった。

ただ、時折秘密裏にヴィッセル公爵家の間者が訪れる店に行き、情報の受け渡しや、諜報活動のための闇の手解きを受けた。といっても、幻覚作用のある薬の使い方や、それに耐性をつける訓練が主だった。

俺の考え通り、特殊訓練はあってもヴィッセル公爵家からの命令はなかった。

俺は平和な日常を謳歌していた。

家に帰れば「お帰りなさい」と、笑顔で迎えてくれるアニータがいる。

「ただいま」

彼女のぬくもりを確かめるように抱きしめて答える。

これ以上の幸せはないと思った。

俺は約一年かけて、見習い騎士から正式な騎士に昇格した。そして、毎年行われる剣技大会の新人部門で優勝を果たした。

第三騎士団の精鋭が集まる第一部隊に所属することとなり、魔物討伐に頻繁に駆り出されることとなった。

アニータは治療魔法を活かせると言って診療所に勤め出した。正直心配だったが、「ルイスに頼ってばかりいたくないの。それに、私も誰かの役に立ちたい」と懇願されて、ダメだとは言えなかった。

はじめは働きにくそうにしていたが、しばらくすると楽しそうに出勤するようになった。大商会の会長が彼女を擁護したことで働きやすくなったそうだ。

幸せで順調な毎日。こんな日がずっと続くと……そう思っていた。

事件は五年前に起こった。

スタンピードが発生したのだ。しかも、王都の警備をしていた当時の第二騎士団の職務怠慢のせいで発見が遅れ、王都に魔物の群れが襲いかかった。

まさに悪夢だった。

そこかしこから上がる悲鳴。爆発音。騎士達の怒号。

第三騎士団第一部隊は、スタンピードの被害を最小限に止めるべく、高位魔物を片っ端から殲滅《せんめつ》していった。

民衆は知らされていないが、実はスタンピードは人為的に起こされたものだったのだ。

ダンジョンの奥にいたサラマンダーを追い出した輩がいたのだ。魔道兵士『ガーディアン』を使って。

魔道兵士『ガーディアン』。

近年、各国で競うように開発研究されている戦う魔道具の兵隊だ。

全長二メートルを超える人型の巨体で、全身をプレートアーマーで覆っていた。顔部分には水晶のような球体がはめこまれ、そこから強力な光線を発射し、俺が持っていた盾を融解させた。

肩から下脇腹に、溶けた盾がへばりつき、激しい痛みを伴った。

正直、出会った時は死を覚悟した。

仲間達が次々と光線に貫かれていく。

団長が盾を使い、決死の思いでガーディアンに突撃し、それを地面に倒した。頭の水晶めがけて剣を突き立てようとした瞬間……、団長の体は真っ二つに切り裂かれてしまった。

しかし、執念だろう。団長の剣はガーディアンの水晶に傷をつけることに成功した。

それにより、ガーディアンの動きがおかしくなり、光線を発射できなくなったのだ。

俺は無我夢中でガーディアンに突撃し、その水晶を貫くことに成功した。

だが、水晶が割れた瞬間、ガーディアンは自爆したのだ。

爆風でほとんどの団員が吹き飛ばされた。

もちろん俺も。

気がついたのは、ダンジョン入口近くに設営された臨時救護所で、応援部隊に手当てをされている最中だった。

ガーディアンは不自然なほど跡形もなく消えていたらしい。周辺には破片も落ちてなかったと不自然な報告が上がった。ただ、吹き飛んだ時に潜りこんだのか、鎧《よろい》を脱いだ時にガーディアンの親指が転がり落ちてきた。報告を聞いていた俺は、誰にも伝えず密かに隠し持つことにした。

爆風による打撲や光線による火傷《やけど》などがあったが、俺は奇跡的に軽傷で済んだ。

光線を肩に受けて腕がなくなった奴や、足を切断した仲間もいた。

精鋭二十人でダンジョンに入ったが、生存者は七名。軽傷は俺を含めて二名。残りの五名は体の一部を失う重傷で、騎士としての復帰は不可能とされた。

救護所から移動するのは翌日の朝と決まり、その日は一人テントで休むことになった。

だが、一人になると途端に恐怖が蘇《よみがえ》る。

不気味なガーディアンの顔、動き、凶悪な光線。今まで魔物討伐で危ない目に遭うことはあったが、ここまでの絶望を味わったことはなかった。

眠りたいのに、体が震えてしまう。

何かにすがりたい。

何か……

「失礼します。見回りに来ました。何か必要なものはありますか？」

金髪の見習い騎士がテントに入ってきた。

魔が差した。

俺はまるで獣のように彼に襲いかかり、皮膚に歯をたて、その体を蹂躙《じゅうりん》してしまったのだ。

一通りの行為が終わって、俺は自分のしでかしたことを後悔した。

「……すまない」

「謝らないでください。これは医療行為ですよ。まだ体の疼《うず》きが治まらないのですね。僕は構いません。どうか治療を受けていると思って僕を抱いてください」

見習い騎士の名前はミハイル。

彼は他の騎士とも関係があったらしく、そういったことに慣れていた。

「大丈夫ですよ。欲望の捌《は》け口でも、僕は構いません。ルイス様と共にいられるなら、二番目だって嬉しいです」

彼は俺がつけた自分の腕の歯形に、愛おしそうにキスした。その表情はとても妖艶だった。

◇◇◇

王都に戻ると、ひどい惨状だった。

魔物の死骸、弔いを待つ人々、亡骸にすがる女性……

悲しみが溢れかえっている。

第三騎士団の精鋭十三人の亡骸と共に、王城へ帰ってきた。

知らせを受け、殉職した騎士の家族も集まっていた。

伝令官が感情のない声で伝達する。

「王命である。本日十二時から、スタンピード終結を祝う行進を行う。動けるものは正装し、馬を連れて外門に集まれ。人々に魔物の脅威が去ったことを伝える大切な行進だ。心してあたるように。以上だ」

スタンピード終結を祝う……。民達にはそうだろう。王として、人心を落ち着かせる必要があるのは理解できる。

だが、悲しい再会を邪魔しないでやってほしい。

やるせない気持ちが渦巻く。

「ルイス様？　……あの、ご家族は？」

ミハイルの言葉にはっとした。

アニータは？

第三騎士団が王城に戻ったと連絡が行ったはずだ。もしや、彼女に何か⁉

駆け出しそうになった時、「ルイス！」と、声をかけられた。

彼は同じ第三騎士団だが、王都に入りこんだ魔物殲滅《せんめつ》のために残っていた騎士のランガルドだ。

同時期に騎士団に入った親しい同僚だ。

アニータのことも知っている。もしや……

「よかった。お前のことだからしぶとく生きていると信じてたぞ。奥さんから伝言だ」

そう言って紙切れを渡された。

慌てて紙を確認する。

『ルイスへ
貴方が無事だと知りました。とても嬉しいです。早く会いたい。だけど、ごめんなさい。臨時救護所に怪我人がたくさんいて、会いに行けません。私は無事です。ルイス、愛してる』

走り書きだが、アニータの美しい字でそう綴られていた。

俺も愛してる。無事でよかった。

「奥さん、すごかったぞ」

「ん？」

「引っ切りなしにくる怪我人を、手際よく手当てしてさ、腕も確かだし『必ず助けます』って力強く言われると何か沁《し》みたよ」

「そうか……」

彼女らしい。きっと今も、誰かのために必死になっているのだな。

「ひどいです！　家族が無事に帰ってきたのに、会いに来ないなんて」

ミハイルの声がした。

「救護所は今戦場だ。優秀な治療魔法師が抜けると、助かる命も助からない。もっと状況を見ろ」

ランガルドがミハイルを窘《たしな》めた。

「それでも、一目会いに来るべきです！　こんな紙切れで……。ルイス様は死線を掻い潜ったんですよ。一歩間違えば二度と会うことも叶わなかったんだ。こんな、ひどいですよ！」

グズグズと泣き出す少年に、ランガルドと目を合わせて困惑してしまう。

一目でいいから会いたかったのは事実だ。誰よりも優先してほしいと、内心では思う。

でも、この状況でそんなことはできない。

仕方がないんだ。

「本当にルイス様を大切に思ってるなら、他人より優先するはずです。僕ならそうします！　奥様はルイス様を愛してないんですよ！」

「いい加減にしろ!!」

ランガルドの怒鳴《どな》り声が響いた。

「救護所がどんな状況か、わかっているのか！　魔物との戦いは終わっても彼らの戦いはまだ終わってないんだ！　人を救うには一分一秒無駄にできないんだよ。そんなこともわからないなら、騎士なんか辞めちまえ!!」

怒鳴《どな》り声でミハイルの体がビクついた。

「行くぞ、ルイス。馬の準備だ」

ランガルドに肩を押され、俺は歩き出した。

ミハイルはその場で立ち尽くし、拳を握っていた。

◇◇◇

行進が終わった後、俺は密かにヴィッセル公爵閣下に会うことができた。

王城にある閣下の執務室は、身動きできないくらいピリついていた。

案内してくれた第一騎士団の青年に、王城であった事件を聞いた。

スタンピードで警備が手薄になった王太子を襲撃した輩がいたそうだ。その際、王太子妃であるヴィオレット様が、王太子を庇って腰を刺されて重傷らしい。


「ルイス、話は手短に」

閣下の低い声に、背筋が寒くなる。

俺はダンジョン奥であったことを報告した。魔道兵士『ガーディアン』が出現し、討伐後、破片すら発見されなかったらしいこと。だが、偶然にも自分の鎧《よろい》にガーディアンの親指が紛れていたので、揉み消されないように隠し持ってきたことを報告した。

ガーディアンの親指を机に置く。

「この金属は！　……ククッ、おい、すぐに陛下に謁見する準備をしろ！　ルイス、よくやった」

今回のスタンピードの黒幕は、前王の子アレクサンドル殿下だと閣下に言われた。

アレクサンドル殿下と現王太子は、以前から世継ぎ争いでいざこざが絶えなかったらしい。

ガーディアンの親指に使われている金属は、魔道具生産で有名な隣国グスタフ王国で最近開発された新素材で、殿下は秘密裏にその国に何度も出向いていたらしい。

その後、閣下の申告でアレクサンドル殿下は幽閉されることになった。ただ、王家の跡目争いでスタンピードを引き起こしたと知れ渡れば、暴動が起きるかもしれない。そのため、アレクサンドル殿下の悪行やガーディアンの件は発表されず、知った者には緘口令が敷かれた。

ただ、ヴィッセル公爵閣下の政敵であるミュラー侯爵家は、証拠不十分で糾弾することはできなかった。アレクサンドル殿下の後ろ楯になっていたので、発言力は低下したが、ミュラー侯爵は余裕の表情を浮かべていたそうだ。


「不気味だ……。あのタヌキのことだ、何か企んでいるはずだ。でなければ、アレクサンドル殿下の幽閉に承諾するはずはない」

俺はヴィッセル公爵閣下に呼び出され、王城の執務室で閣下じきじきに命令を受けた。

それは、ミュラー侯爵家の娘シレーヌを懐柔し、ミュラー侯爵家の領地を調べろというものだった。

「恐れながら閣下に申し上げます。私には愛する人がいます。彼女を裏切ることはできません」

「妻を裏切れとは言っておらん。懐柔だ。幻覚作用の薬を使い、まやかしの恋人を演じるんだ」

「できません」

「ルイス。五年前、ワシが陛下から元ヤーマン伯爵領地を下賜されたことは知っているな。もしもあのタヌキの企てを暴いたのなら、お前に譲ってもいい。アニータ嬢が愛した領地を取り戻せるのだ。悪い話ではなかろう？」

それは、悪魔の囁《ささや》きのようだった。

「……しっ、シレーヌ嬢が私のような男に懐柔されるとは思いません」

シレーヌ嬢は十歳で、自分は二十七歳だ。年齢が違いすぎる。

「まだ幼いからこそ、そなたがいいのだ。『王都を救った英雄』が自分を特別扱いしてくれる。物語に出てくる勇者に少女は憧れるものだ。憧れは成長と共に恋慕へと変わっていく。それをうまく利用するのだ」

シレーヌ嬢に興味を持たれなければ計画を変更することを条件に、俺は閣下の命令に従った。

『王都を救った英雄』。

ガーディアンにとどめを刺したことは伏せられ、サラマンダーやゴブリンキングを討伐したと、人々に語られた。

閣下の息のかかった吟遊詩人が、勇猛果敢に魔物を蹴散らす、高潔な男『ルイス』を語った。話を聞くだけで背中がムズムズするし、自分で聞いても『誰だその男は？』と首をかしげたくなるほど誇張されていた。

第三騎士団の団長に抜擢され、陛下から一代限りの身分『騎士爵』と『ダグラス』の姓、そして一般的な貴族のものと同じ大きさの屋敷を賜《たまわ》った。

その後、閣下の紹介で雇った執事バレットと侍女長レベッカの采配で、新しい生活がはじまった。

第三騎士団の団長に就任したため、パーティーの誘いや警備の仕事は引っ切りなしにあった。

閣下の指示に従い、パーティーにアニータを伴って参加することはなかった。

情報収集のためなので仕方ないのだが、仕事とはいえ、他人と二人っきりになるところを彼女に見られたくなかった。

アニータも社交界に未練はないらしく、犯罪者の娘が何食わぬ顔で現れて、反感を買って俺に嫌な思いをさせたくないと、気遣ってくれた。

夜会に一人で行く時も、「ごめんね。無理しないでね」と俺を見送ってくれた。

愛しいアニータ。

本当は君と一度でいいから夜会に行ってみたかった。美しく着飾る君を見せびらかして、輝くダンスフロアで、身を寄せて踊ってみたかった。こんなお子様や、香水臭い女と踊るのではなくて……

シレーヌ嬢に近づくには、周りの人間に取り入るのが手っ取り早い。

彼女の付き添いの子爵夫人に、狙いを定めるよう命令されていた。

「美しいご婦人。どうか私めにお名前をお聞かせいただけないでしょうか?」

閣下に忠誠を誓ってから、諜報活動に必要なマナーやダンス、口説き方などありとあらゆる技術を叩きこまれている。子爵夫人は拍子抜けするほど、簡単に策にはまってくれた。

二人で休憩室にいき、幻覚作用の薬を飲ませ、淫らな気持ちになる香を充満させると、一人ベッドで悶《もだ》えはじめた。後は言葉で誘導し、さも熱い夜を過ごしたように錯覚させたのだ。

子爵夫人を使ってシレーヌ嬢に近づき、彼女を特別なお姫様のように扱えば、公爵閣下のもくろみ通りにことが運んだ。

はじめは警戒していたミュラー侯爵も、俺が元ヤーマン伯爵家に仕えていた騎士だと知ると、「主を殺されて、ヴィッセル公爵が憎いだろう」と俺を懐柔しにかかってきた。「憎くないと言えば嘘になりますね」と答えると、満足げな顔をした。

ミュラー侯爵家に近づくことができたので、もう新たな女に工作しなくてもいいかと思っていた矢先、問題が起こった。

屋敷の使用人の中に、ミュラー侯爵家の息のかかった女が送りこまれたのだ。

公爵閣下は、その女を泳がせてミュラー侯爵の懐に入るために利用するよう言ってきた。

俺を探るだけなら問題はないと思っていたが、その女はアニータを調べ回っていた。そこで彼女に危害を加えるのではないかと心配になり、薬を使って目的を白状させることにしたのだ。

ただ、屋敷内でそんなことはできず、仕方なくこっそりとその女を連れて遠乗りに向かった。

なんと女はミュラー侯爵ではなく、シレーヌ嬢に命令されていた。アニータと俺を別れさせるために、アニータが不利になる情報や証拠を求めていたらしい。

不愉快だった。

アニータとの生活を守るために、こんなやりたくもないことをやっているのに、その俺からアニータを奪うなど腹立たしい。

俺達の間を切り裂こうというのなら、泳がせておくわけにはいかない。早急に排除しようと決めた。ただ、公爵閣下の命令やミュラー侯爵側の目を考えると、独断で手を下すことができず、公爵閣下に相談している最中に最悪な事件が起こったのだ。


「旦那様に愛されているのは私です。早くお飾りの妻など捨ててしまえばいいのに。同情で彼を縛りつけることに罪悪感はないのですか？　貴女など、幼い頃からの『情』で側に置いてもらっている置物に過ぎないのよ」

排除する予定の女がアニータを罵ったのだ。しかも、これ見よがしに腕の噛み痕を見せている。

神に誓って、俺は噛んでいない。

ミハイルの時に衝動にかられて噛むことがあるが、それ以外で噛んだことはないのだ。

唖然とする俺の代わりに、執事のバレット達が女を取り押さえ、屋敷の地下牢に放りこんだ。

ショックを受けて、カタカタ震えるアニータになんて声をかければいいのか迷った。

公爵閣下のことも、ミュラー侯爵のことも話すわけにはいかない。けれど、アニータに疑われたくない。彼女を愛してる。

俺を信じてくれ……

「使用人に『しつけ』をしただけなのに、あの女が変に勘違いして君を敵視したんだ。愛しているのはアニータだけだよ」

何も話せないから悩んだあげく……俺は言葉を間違えた。貴族の男が浮気を誤魔化《ごまか》す時の言い訳を口にしてしまった。

彼女を怒らせてしまう、いや、泣かせてしまう。

オロオロしていたら、「わかっているわ。私もルイスを愛している」と彼女は笑った。

その瞬間、肝が冷えた。

彼女は俺が浮気をしても、笑って許すのだ。それは俺に関心がないと言われているようだった。

何で怒らないんだ……

なぜ何でもないように振る舞うんだ。

君にとって俺は、どうでもよい存在なのか？　俺は……あの時、都合よくしがみつける存在でしかなかったのか？

彼女の「愛してる」と俺の「愛してる」に大きな隔たりがあると愕然とした。

俺達の歯車は、そこからおかしくなってしまった。

第八章　私は真実を知りたい

あの日の夜から、ルイスとは会えていない。

ただ、バレット経由で『仕事のため帰れない』と伝言を受け取る。そんな毎日だった。

私は私で、ヴィッセル公爵閣下と話をするための準備に勤しんでいた。

何度も思ってしまうが、持つべきものは頼れる後輩ね。

約束の一週間が経とうとしていた。

「奥様、旦那様からお手紙を預かりました」

「ありがとう」

朝食時にバレットから手紙を渡された。内容は『仕事終わりに迎えに行く』だ。

やっと、会えるわね。

◇◇◇

「アニータ。お疲れ様」

診療所が終わる頃、ルイスは馬車に乗って現れた。いつもと変わらない爽やかな笑顔を浮かべている。エイダンや所長の機嫌が悪そうだが、私は馬車に乗りこんだ。

「エイダン。あれ、よろしくね」

「わかっていますよ。先輩も興奮しすぎないでくださいよ」

「えぇ、善処するわ」

馬車の窓越しにエイダンと会話をした。

私の向かいに座るルイスは少し不満げだ。

「出発してくれ」

ルイスの合図で馬車は動き出した。

「……ずいぶん彼と親しいんだな」

「後輩だからね。彼にはお世話になっているのよ」

「……そうか」

真剣な眼差しだ。

私をこんなに傷つけて、自分は嫉妬しているのかと呆れてしまう。

「その……君の周りで妙な噂が流れているんだが、知ってるか？」

「妙？」

「君が妊活するために診療所を辞めるとか、すでに妊娠しているとか」

あぁ、診療所内でそんな噂があるわね。

食事が思うように取れず痩せてしまったから、つわりがひどいのではないかとか言われた。

ただ、否定も肯定もしていない。

病気で辞めると知られるよりは、妊娠や妊活など、おめでたい内容で診療所を去ったと思われるほうが何倍もましだと思ったからだ。

「どう……なんだ？」

「どうとは？」

「妊娠……したのか？」

期待したような眼差しがうざったい。

「妊娠はしてないわ。診療所を辞める予定だけど、妊活しようなんて思ってない」

「そうか……」

明らかに落胆している。

結婚して十年。

私達は子宝に恵まれなかった。

結婚当初は生活するのも精一杯だったこともあり、落ち着くまではと二人で話しあっていた。

五年前に今の屋敷に引っ越して、そろそろと思っていたが、ルイスの浮気でそれどころではなかったし、私の精神的ストレスもあったからだろう。

「辞める理由は？」

「……疲れたのよ。旅にでも出たいなって思っているだけ」

馬車の窓から王都の景色を眺める。

これ以上話を続けたくないからだ。

意図を読み取ったのだろう、ルイスはそれ以上なにも言わなかった。


馬車は平民街で有名な食事処に着いた。

貴族御用達の店ではないが、平民にはワンランク上の高級志向を売りにしており、裕福な商人や下級貴族が顧客として名を連ねている。

診療所の制服で入るのは勇気がいる店だ。

「アニータはどんな服でも素敵だよ」

甘く囁《ささや》いてくるが、やはり店に入ると好奇の目にさらされた。

こういった場所に行くなら、朝の手紙に書いておいてよ！　と内心憤りを覚える。

支配人らしき男性が近づいてきた。

「予約していたダグラスだ。いつもの個室を頼む」

「ダグラス様、ようこそいらっしゃいました。準備は整っております。食前のワインはいかがなさいますか？」

「辛口で頼む」

一瞬、男性が入口を見た。

「かしこまりました。お部屋にご案内いたします」

個室に移動すると、お店の制服と茶色のかつらを渡された。どうやら変装しないとヴィッセル公爵閣下には会えないようだ。

用意周到と言うのか、ルイスとの繋がりを他に知られないように徹底している。

部屋には衝立《ついたて》があり、お互い分かれて変装した。

「アニータ。終わったか？」

「えぇ」

お互いに衝立《ついたて》から姿を現す。

執事風の衣装だが、鍛えられた体ではとても不恰好に見える。

「ぷっ」

思わず笑ってしまう。

「そっ、そんなに変か？」

「ちょっとね。体格がしっかりしているから、少し窮屈そうよ」

パンパンに張った腕に思わず触れてしまった。

気がついて手を離すと、ルイスに手を掴まれた。

目が合う。

「アニータ……」

「やめて。触らないで」

冷ややかに告げれば、辛そうな顔で手を離された。

「……すまない。こっちだ」

そう言って、何にもない壁の下を彼が蹴ると、壁がずれて通路が現れた。

進んで行くと、店の厨房に着いた。

「ルイス様。辛口ワインは別室に入れておきました」

先程部屋に案内してくれた男性だ。

「油断するなよ」

「任せてください。……今日は遅くなりそうですか？」

「……たぶんな。後は頼む」

ルイスにエスコートされ、店の裏に停めてあった荷馬車に乗りこむ。

大量のワインや食材が載っている。

「俺達はこれから公爵家に食品を運ぶ使用人だ。重いワインは俺が運ぶから、アニータはパンの紙袋を持って裏口から入るんだ」

「わかったわ。ねぇ、辛口ワインって何の隠語だったの？」

先程の男性との会話で出た『辛口ワイン』。何かの隠語だとはわかるが、意味がまったくわからなかった。

「……辛口ワインは『尾行されている』。甘口ワインは『店内に不審者がいる』。おまかせは『問題ない』っていう合図なんだ」

「じゃぁ、私達は尾行されていたの？」

「あぁ、診療所から少し離れた場所に不審な馬車が停まっていたよ。俺達が馬車を走らせるとついてきたから間違いない。尾行はミュラー侯爵家の手の者だ。君を監視していたんだ」

「え？　私を？」

「君の噂が出はじめた頃からだ」

あの噂……

尾行を命令しているのは、おそらくミュラー侯爵家の令嬢シレーヌ様だろう。夢見がちな少女だから。

ルイスとの子供を妊娠したなんて聞いたら……

「っ！」

思わず息を飲んだ。私は命を狙われている可能性がある。

ミュラー侯爵がその気になれば、一介の治療魔法師の私なんて簡単に消せるわ。

「大丈夫だ。アニータは俺が守る」

ルイスの大きな手が、私の手を包むように握った。

◇◇◇

「ようこそ、ダグラス夫人」

「謁見の申し入れをお聞きいただきありがとうございます、ヴィッセル公爵閣下」

執務机越しに、閣下に声をかけられた。

「立ち話もなんだ、座りたまえ」

ソファーを勧められ、ルイスと共に座った。

閣下はゆっくりとした足取りで、私が座った前のソファーに腰を下ろした。

ものすごい威圧感だ。

十年前の自分なら、ガタガタ震えて閣下の顔を見ることもできなかっただろう。

だが、今は不思議と怖いと思わない。おそらく恐怖より怒りが強いからだと思う。

失うものがない状態は、こんなに強いのね。

「して、用件はなんだ。ルイスを通してきたのだから、我々の関係もわかっているのだろう？」

「忠誠を誓った方がいると聞きましたが、詳しいことは何も聞いておりません。……彼に、私に仕事内容を話してはならないとご命令になりましたか？」

閣下がルイスに視線を向ける。

「ルイスの名誉のために付け加えておきますが、彼は一度も閣下の名前を出しておりません。『私の命を救うために、ある御方に忠誠を誓った』としか言いませんでした。十年前の両親の事件がきっかけだとすぐにわかりました。あの事件の総責任者である閣下なら、私の命を助けることも可能だと。ですので、彼を咎めないでください」

「……ふむ。実に聡明だな」

「恐れ入ります。先程の質問、お答えいただけますか？」

「確かに、そう命令した」

「っ！　……なぜですか？」

思わず怒鳴《どな》りそうになる自分を抑える。

「機密事項を知る者は、少数であるに越したことがないからだ」

「……閣下のおっしゃることはわかります。秘密を知る者が少ないほど、外部に漏れにくいですから。ですが、不誠実な対応であったと非難いたします」

「っ！　アニータ！」

ルイスが驚いて私の手を掴んだ。

公爵閣下に面と向かって『非難する』など、不敬罪で咎められてもおかしくない。

「彼に何をさせているのですか。見境ない色欲魔で浮気男という彼の汚名に関係あるのですか？　それを聞いたわたくしがどう思うか、お考えになりましたか？　お答えください」

「はぁ⁉」

隣のルイスが場違いに驚いているが、邪魔なので無視。

私はじっと閣下の目を見た。鋭い眼光だ。

「秘密を共有しなかったことを責めているのではありません。一言、仕事で不名誉な噂が立つと事前に教えていただけていたのなら、私の心情も違いました。その配慮を怠ったことは、閣下の判断ミスでございます」

「……見通しが甘かったのは否めない。本来であれば、ダグラス夫人の耳にはいる前にかたをつける手筈だったのだ。だが、敵を欺《あざむ》くには味方からと言うだろう。そなたが狼狽することで、ルイスは敵の懐に入りやすく――」

「わたくしは閣下の味方ではありません」

不敬であるが、閣下の言葉を遮《さえぎ》った。

ルイスの噂を耳にした私がどう思うか、閣下には見当がついており、その上で配慮もなくルイスに命令したと言っているのだ。

私が傷つくことは作戦の内だったと……

「私はルイスの妻です。彼を誠実に愛しておりました。愛しあうとは信頼しあうと同義だと、私は考えます。閣下の配慮のなさで、彼への信頼は地に落ちました。どう責任を取るおつもりですか？」

爆発しそうな自分を必死に抑え、冷静を装って言葉を紡ぐ。声を荒らげても、何も解決しない。

「大事の前の小事だ。許せ」

「っ！」

許されて当然だと言わんばかりの態度に、腸が煮えくり返り、思わず立ち上がった。

「最低ですわね」

突然、出入口の扉から声がかけられた。

「人様の家庭を崩壊させておきながら、さも貴族に尽くすのが民の義務だと押しつける態度。反吐《へど》が出ますわ。あぁ、それとも、女を軽んじているから、そのような愚劣な思考になるのかしら？」

「本当に情けないわ」

二人の女性が部屋にゆっくりと入ってきた。

一人は松葉杖をついているが、その姿は美しく、とても優美に見えた。

「おっ、お前達、どうしてここにっ！」

今まで飄々《ひょうひょう》としていた閣下の顔色が、一瞬で青くなった。

持つべき者は優秀な後輩ね。

「ヴィオレット、デイジー……」

扉から現れた松葉杖の女性は、学園時代に親しかった方だ。僭越《せんえつ》ながら、あの当時は親友のように思っていた。

『ヴィオレット・ロータス・ナイヴィーレル王太子妃』。

もとより美しい方だったが、年月を経て美しさが磨きあげられ、王族としての風格もあり、その姿は女神のように思えた。

お隣の女性。お顔を拝見するのははじめてだが、ヴィッセル公爵閣下の狼狽《うろた》えようと呼び方から閣下の奥様と思われる。

ルイスは二人を見るや慌てて床に跪《ひざまず》いた。

私も頭を下げた。

「突然乱入してしまい、ごめんなさいね。ダグラス夫人、頭を上げてソファーに座りなさい」

ヴィオレット様のお声を聞き、私は素直に指示に従った。

「さぁ、レオン様も。そんなところに突っ立ってないで中にお入りください」

彼女がそう扉に向けて声をかけると、男性がゆっくりと入室した。

絵姿しか見たことがないが、金髪に碧眼の美しいお姿は間違えようもない。レオン・ロータス・ナイヴィーレル王太子殿下だ。

どこか居心地が悪そうな雰囲気から、彼も今回の件に関与しているとわかった。

「さぁ、時間もありませんので、これ以降はどのような口調や行動も不敬には当たらず、対等の立場で話をすることを許します。レオン様、よろしいですわね？」

確認をとっているだけなのに、その雰囲気は否と言わせないすごみがあった。

「あぁ……、許す」

「では、レオン様。扉を閉めてください」

ヴィオレット様は笑顔だが、その笑顔は鬼神を思わせる恐ろしいものだった。

◇◇◇

一週間前。

公爵閣下と話をしたいとルイスを脅しつけたが、何の力もない私が乗りこんだところで、閣下はまともに取りあってくださらないと思っていた。

なので、ヴィオレット様に連絡をとったのだ。

しかし、騎士爵の妻は平民と同じような扱いで、王太子妃に手紙を届けるなど不可能だ。

そこでエイダンを通じてネイサン様に協力をお願いした。宮廷医師局長のネイサン様なら、ヴィオレット様にお取り次ぎいただけるのではないかと思ったからだ。

予想通り、私は彼女と連絡を取ることができた。

そして、公爵閣下に会う時にヴィオレット様に同席してもらえることになっていた。

そのため、診療所を出る時、エイダンに手紙を託していたのだが……

「誰が姿勢を崩していいと言いましたか？　背筋を伸ばしなさい！」

レオン殿下、公爵閣下、ルイスが並んで床に正座させられている。

「さぁ、貴方達の目的を洗いざらい話してもらうわよ」

鬼神ですね……

屈強な男性達が顔色を青くして怯えているわ。

ヴィオレット様、かっこいいです。

「ダグラス夫人。今回の件、本当に申し訳なかったわ。夫に代わって謝罪します」

公爵夫人に頭を下げられた。

「こっ、公爵夫人っ！　いけませんわ」

夫人に頭を上げてもらいたかったが、体に触れるわけにもいかず、どうしたらよいかオロオロしてしまった。

「いいえ。わたくしも同罪よ。愛する夫の浮名を聞くなんて辛いことだわ。どんなに心を痛めたことでしょう。その理不尽な痛みを私の夫が命令したのです。夫を御せなかったわたくしにも責任があります」

「そのようにおっしゃらないでください」

「いいえ、公爵夫人として、一人の女として謝罪するわ。本当にごめんなさい」

公爵夫人は一向に頭を上げてくれず、まいってしまう……

「公爵夫人、謝罪を受け入れますから、どうか頭をお上げください」

オロオロしながら告げると、公爵夫人はようやく頭を上げてくださった。

「ありがとう、ダグラス夫人。貴女の寛大な心に感謝いたします」

公爵夫人の申し訳なさそうな笑顔を見ると、こちらまで申し訳ないように思えてしまう。

ヴィオレット様の厳しい尋問により、レオン殿下や公爵閣下の目的と動機がハッキリした。

まぁ、この面子を見れば『覇権争い』だとすぐわかる。

現在、『軍事力を強化し、戦争で他国を侵略したい派』と『自国の文化を大切にし、話しあいで他国と共存していきたい派』がいる。

前者の旗手は前王の子、アレクサンドル殿下で、後ろ楯はミュラー侯爵家。

それに対し、後者の旗手は王太子、レオン殿下で、後ろ楯はヴィッセル公爵家。

十年前の元ヤーマン伯爵逮捕。

私の認識では、単に両親の違法行為が暴露されて、没落しただけだと思っていたが、実は政局が大きく動いていたらしい。本来なら一家全員斬首や毒杯、監獄行きになっていたと聞いて、改めて大きな事件だったと思った。

父は中立派を装ったアレクサンドル殿下派で、あの違法行為で儲けた金をアレクサンドル殿下に献上していたようだ。元ヤーマン伯爵が逮捕された時、ミュラー侯爵はかなり苦々しい顔をしていたそうだ。資金繰り担当が捕まって、焦っていたのは確かだったらしい。

だが、証拠不十分でアレクサンドル殿下もミュラー侯爵も捕まえることはできなかった。

問題の五年前。

自然発生したと言われたスタンピードは、アレクサンドル殿下派の策略だったらしい。ダンジョン内に魔道兵士『ガーディアン』を送りこんで、ダンジョン奥にいたサラマンダーを追い出し、スタンピードを起こした。それによって王都を混乱状態にし、警護が手薄になった王太子の暗殺計画を実施した。だが、ヴィオレット様が身代わりで負傷してしまったそうだ。

魔物に襲撃されて負傷したと発表されていたが、実際は暗殺者に襲われていたと聞いて驚きだ。暗殺者は捕まえたが、その場で自害。黒幕であるミュラー侯爵を糾弾できなかったそうだ。

「娘を傷つけられて、黙っていられるか！　ワシはミュラーに相応の罰を与えんと気がすまん」

「私も妻を傷つけられて黙っているような軟弱な男ではない」

公爵閣下やレオン殿下は怒りを露にするが、「関係ない人様の家庭を崩壊させるバカがいますか！　こんなやり方、戦争容認派と変わらないでしょ。恥を知りなさい！」とヴィオレット様が一喝した。

ルイスはミュラー侯爵の弱みを掴むため、娘のシレーヌ嬢に近づこうと夜会に行っていたそうだ。

夢見がちな少女が英雄に憧れることを期待したのと、戦争容認派のミュラー侯爵がルイスを自分の陣営に引きこみたいと思うだろうと考えてのことだった。

また、ルイスの病について公爵閣下は御存じだった。

敵に、ルイスには隙があると思わせるため、ルイスの病を治さないほうが得策と考え、医師から支給される薬に細工をしていたそうだ。

さらに、『浮気男』『男色家』の噂が流れたのは公爵閣下の仕業だった。

しかも、その噂がルイスの耳に入らないように徹底していた。ルイスが作戦から降りると言わないようにしたかったらしい。

それを聞いたルイスは青を通り越して白い顔で固まっていた。

「最低！　下劣！　人間のクズね！　人を何だと思っているのよ！　取り替えの利く駒か何かと勘違いしているの？　民は国の財産であり、騎士は国の盾であり、剣なのよ！　使いものにならなくなったら切り捨てればいいという傲慢《ごうまん》な考えに反吐《へど》が出る！　恥さらし！　最低ーー!!」

「本当、呆れた作戦ね。何も知らされてないダグラス夫人が、どれだけ傷つくか考えなかったのですか？」

公爵夫人の言葉に、男性達は下を向き答えなかった。

何だか……虚しくなってきた。


「「「本当に申し訳ございませんでした」」」

男性三人に土下座されている。

正直、虚しい。

「一つ弁明させてほしい」

ヴィッセル公爵閣下が言った。

「ルイスが夜会などで令嬢や夫人と部屋から出てこなかったと言われているが、決していかがわしいことはしていない。特殊な薬で幻覚をみせて相手を惑わし、情報を収集していたのだ。信じてくれないか？」

閣下は真剣な顔で訴えてくるが、その情報に何の意味があるの？

「……貴方。どこからが浮気だと思っているの？」

公爵夫人が呆れた声で言った。

「ダグラス夫人が、夫と異性と密室に入ったことが許せないと思うなら、それは紛れもない浮気になるの。体を重ねるだけが浮気じゃないのよ。わかったかしら？　この最低クズ野郎」

笑顔でおっとりされているのに、とても迫力があって怖いと思ってしまう。

「今回の件、ダグラス夫人への配慮がなかったことは本当に申し訳なかった。今後は夫人にも伝えるように配慮する」

レオン殿下が口を挟んだ。

「我々の作戦は最終段階まで来ているんだ」

レオン殿下の話によると、ミュラー侯爵は謀反《むほん》の計画を練っているそうだ。

近々、ミュラー侯爵家で決起集会が行われるとの情報を掴んでいる。後はその会場に乗りこんでアレクサンドル殿下派を謀反《むほん》の罪で逮捕すれば、長らく続いたこの覇権争いに終止符を打てるらしい。

「あと少しなんだ。それまでの間、ルイスには今まで通り行動してもらわないとならない。ダグラス夫人、お願いだ。決起集会までこのままの状態を維持させてほしい」

お願いと言っているが、私に与えられた選択肢は一つしかない。卑怯な人達だ。

「いいですよ。今まで通り夜会やパーティー警護など、作戦を実行してください」

レオン殿下と公爵閣下の顔が明るくなった。

「ただし、条件があります」

これまでのことと今聞いた説明から総合的に考えて、私はこの答えを導きだした。

「ルイスと離婚させてください」

部屋が一瞬静まり返った。

男性達は揃って青い顔をしている。

レオン殿下と公爵閣下の視線は各々の妻に向けられていた。今まで散々説教されていたのだ。自分の妻がどう思うか気が気じゃない様子だ。

「私にとってもお二人にとっても、私達は離婚したほうがいいんです。まず、ルイスが離婚して独り身になれば、ミュラー侯爵はシレーヌ嬢との婚姻を進めようと、より隙を見せてくれるでしょう。それに、シレーヌ嬢はとても嫉妬深い女性です。私が勤める診療所を監視していたらしいです。私に危害を加えたいと思っている可能性があります。離婚すれば、彼女の嫉妬心は優越感に変わり、私への攻撃を止めさせられます。みんなにとって最良の状態になりますよ」

「確かに……」

私の説明に、レオン殿下と公爵閣下は感心しつつ、状況を想像しているようだ。

そんな中「嫌です」とルイスが反対した。

「アニータと別れるつもりはありません。離婚しなくても、作戦は遂行できます」

「離婚したほうが成功する確率も上がるし、私の身の安全も図れるわ。離婚しても、また婚姻すればいいでしょ？　反対する意味がわからないわ」

「っ！　それでも、俺は反対です」

冷静に話す私に対し、ルイスは少し感情的だ。

彼が反対する理由はわかる。不安なのだ。

再度婚姻すればいいと提案するが、私がサインすると思えないのだろう。

「五年前のスタンピードで、たくさんの人が傷つき、亡くなったわ。謀反《むほん》が起これればそれ相応の犠牲者が出る。食い止めるためにも、少しでも成功の確率を上げるべきよ」

「……本当に、もう一度結婚してくれるのか？」

「ええ、もちろんよ。謀反《むほん》を防ぎ、すべての脅威が去ったのなら、改めて結婚式を行いましょう」

笑顔を心がけた。

嘘だと、見抜かれないために。

すべてが解決するまで、私が生きているかわからないもの。

「私達も立ち会うから、その時の結婚式は豪華にしよう。王族が代々結婚式をしてきた王宮の教会で行うのはどうだ？　英雄の結婚式だ。国を挙げて祝福するぞ」

王太子が調子を合わせるように言ってきた。

脇目でヴィオレット様の様子を窺《うかが》っているので、彼女の機嫌取りの発言だとすぐわかる。

「それは素敵ですね。一生の思い出になりますわ」

私の後押しもあり、ルイスの反対を余所に離婚する流れになった。王太子の権力を無駄に活用して、ものの数分で離婚届を入手し、私は書類にサインをした。

ルイスは頑なに拒否していたが、公爵閣下やレオン殿下に『命令』されてしぶしぶサインをしていた。

「命令で浮気していたのだから、命令されれば離婚もできるでしょ？」

「……」

特別嫌みのきいた言葉を選んだ。

ぐうの音も出ないとはこのことね。


「アニータ……本当によかったの？」

帰るため席を立った時、ヴィオレット様に声をかけられた。気さくな物言いは学園時代を思い出させた。

「はい」

懐かしくて、微笑んでしまう。

おそらく、彼女に会うのはこれが最後になるだろう。

「ヴィオレット様と、呼んでもよろしいでしょうか？」

「もちろんよ。貴女は私の親友、でしょう？」

「親友……ですか？」

「違った？」

「いいえ、嬉しいです」

身分が違いすぎるので、親友と言われて驚いたがとても嬉しかった。

ニッコリ微笑むと、彼女は私の手を取って突然跪《ひざまず》いた。

「ヴィオレット様⁉」

「アニータ。どうかわたくしの我儘を聞いて。ずっと、貴女に謝りたかった……。本当にごめんなさい」

ヴィオレット様は私の手の甲に額を押し当て、謝罪を口にした。

この仕草は、貴婦人が目上の方に許しを乞う時の所作だ。

「学園時代、わたくしは貴女に憧れましたわ。女に学問は不要、男を立て、微笑みを絶やさない淑女になれと教育される中、貴女は図書室で本を読みあさり、知識を得ようともがいていましたわね。女だからと諦めず、将来自分が領地を繁栄させていくのだと、とても真っ直ぐな瞳をしていましたわ。貴女の考え方に、わたくし、感銘を受けましたのよ。今、わたくしが王太子妃になっているのは、あの時、あの瞬間を貴女と過ごしたからですわ」

私に憧れていたなど、まったく知らなかった。

むしろ私のほうが憧れていたわ。

「十年前のことは仕方なかったと、いつも自分に言い訳をしていました。ご両親の件は当然と思いますが、貴女に対してもっと何かできたのではないかと……後悔しておりましたわ。そんな中、今回の愚策で貴女の家庭をめちゃくちゃにしたと聞き、わたくしは……」

ヴィオレット様の肩が少し震えていた。

「伯爵令嬢でいる時よりも、わたくしはとても幸せでしたわ」

ヴィオレット様が視線を上げ、私を見た。

私も膝をつき、彼女と視線を合わせる。

「パークス会長、とても面倒見のいい方ですね」

治療魔法師になった時に、『無料で治療しろ！』と文句を言ってきたおじさんだ。

「彼のお陰で、診療所でも過ごしやすくなりましたし、楽しい患者さん達も紹介していただきました。バレットやレベッカは、とても気を使ってくれますわ。屋敷も過ごしやすくて、快適なんですのよ。所長はとても親切ですし。どれも、ヴィオレット様に助けていただいたお陰ですわ。本当にありがとうございました」

「知って……いたの？」

パークス会長もバレットもレベッカも、そして所長も全員、ヴィッセル公爵家に関わりがある人達だ。

「フフフ、町の奥様方はおしゃべりですからね。どこにいた人かなど、簡単にわかりましたわ」

ヴィオレット様の手を両手で包み、立ち上がるように促すと、素直に立ち上がっていただけた。

「わたくし、ヴィオレット様にお会いしたら、お礼を申し上げたかったのですわ。お心遣い、ありがとうございました。最高の親友ですわ」

泣かないつもりだったのに、笑うと涙がこぼれてしまった。

「親友なのだから、当たり前ですわ」

お互いの手を取りあいながら、笑いながら涙をこぼした。

十年前、あの図書室で語りあった時のように、心が通じたようだった。


二人でひとしきり泣いて、笑って。夜も遅くなってきたから、解散しようということになった。

「アニータ」

部屋を出ようと扉に向かうと、ヴィオレット様に呼ばれた。

「最後に一発殴っていく？　今なら不敬にはならないわよ」

正直、殴りたい気持ちがないわけではない。むしろ、顔が変形するぐらい殴りたい。でも。

「やめておきますわ。治療魔法師なので、手を怪我すると治療魔法が使いにくくなりますのよ」

「そう、そういうことなら仕方ないわね」

ヴィオレット様は大袈裟に肩を落として、公爵夫人に目配せをした。その瞬間。

ばきっ！

ヴィオレット様は王太子殿下を、公爵夫人は公爵閣下を、拳で殴り倒してくれた。

「わたくし達が代わりに殴っておきましたわ」

爽やかな顔でウィンクされました。

正直驚いたが、胸がスッとした。

第九章　私の思いと彼の思い

レストランで再び着替え、屋敷に帰る。馬車の中はとても静かだった。

明日、離婚届を教会に提出するルイスが私に愛想をつかしたと噂を流す手筈だ。

「アニータ……」

不意にルイスが話しかけてきた。

「すまな――」

「やめて」

頭を下げようとするルイスを止める。

「貴方が私に愛想をつかしたという設定でしょう。誰かに見られるとまずいわ」

「……浅慮だった。ごめん」

沈黙。

ルイスの視線を感じた。

「これからどうするんだ？」

「どうするとは？」

「その……どこに住むんだ？　君のことだから、明日には屋敷を出る気だろ？　外は危険だ」

警護のことを言っているのだろう。

離婚届を出しても、シレーヌ嬢が知るまでに時間が少しかかるだろうし、思惑通り彼女が手を引くのかは不明だ。

私の身の安全は確約されたわけではないのだ。

「しばらくは診療所に寝泊まりすることになるでしょうね。大丈夫よ。診療室は鍵もかかるし、当直の先生も、警護の人もいるわ」

「……そうか」

彼は視線を落とした。

私が離婚を撤回するのではないかと、期待していたのが窺《うかが》えた。しかし、私がそれを想定して答えたことで、何も言えなくなったのだろう。

「もう、いいのよ」

貴方が私を愛しているのか、それとも義務、同情、幼い頃からの情があるだけなのか、どうでもよく思えた。

貴方を解放してあげたいし、私も解放されたい。

だから、もうお別れしましょ。

「え？」

「ルイスは昔から真面目ね。それでいて不器用。剣術や従者としての職務は完璧なのに、貴方自身を見せるのが下手で、誤解されやすい。優しいくせに空回りして、結局うまくいかない」

「そう、かもな」

「私、ルイスが好きだったわ。浮気されても、貴方が最終的に私のところに帰ってきてくれるなら、それでいいと思えたくらい」

「アニータ？」

「私、案外幸せだったわ。私を心配してくれる旦那様。優しく尽くしてくれる屋敷のみんな。生涯をかけてやりたい仕事。思い返すと、楽しい思い出ばかりだわ」

「……何を言ってるんだ？」

我ながら遺言のようね。いえ、実際そうなのかもしれないわ。

ルイスとこうやって、二人で話すことは……もうないかもしれない。

「また、あのチーズケーキを食べたいわね。お金がない時、私の誕生日にチーズケーキを一切れ買ってきて、二人で食べたでしょう。ロマンチックな演出をするために、わざわざ公園に行って、月明かりの下で。……美味しかったなぁ」

「あぁ、また二人で食べよう」

私は何も答えず、微笑む。

「私、刺繍《ししゅう》は得意なのに編みものは苦手だった。ルイスにマフラーをプレゼントしようと奮闘したけど、結局、所々穴がある短いマフラーになってしまったわね」

「あれはあれで、味があって素敵だったよ」

「料理も、はじめはよく焦がして、ルイスが一生懸命フライパンを磨いてくれたわね。貴方が作るハンバーグはとても美味しかったわ」

「君のオムライスも美味しかったよ。上にかけるソースを熱心に研究していたな」

「……どのソースがよかった？」

「どれも美味しかったよ。ホワイトソースにトマトソース。甘じょっぱいソースも悪くなかった」

懐かしい昔話を、屋敷に着くまで二人でした。その時間はとても楽しく、心安らいだ。


屋敷に着くと、作戦通りルイスは一人で先に屋敷に入った。

「奥様、いかがなさいましたか？」

レベッカが心配そうに訪ねてきた。

ルイスが私を馬車に残して立ち去るなんて今までなかったので、使用人達は驚いていた。

「……私、やっぱり許せそうにない」

「奥様!?」

「明日から、しばらく屋敷を離れるわ。準備をしてくれないかしら」

「しっ、しばらくとは？」

「心の整理ができるまで……」

力ない声で呟くと、レベッカに青い顔をさせてしまった。

「さっ、再考いただけないでしょうか？　旦那様はいろいろな噂もあり、奥様をご不安にさせていらっしゃいますが、とても奥様を愛していらっしゃいます。屋敷にお戻りの際は、まず奥様のことを聞かれます。今日は何をしていたのか、何か不便はないかと、こちらが微笑ましく思うほど、奥様のことばかりお考えなのです。どうか、どうかもう一度旦那様と話しあっていただけないでしょうか？　思いあっていらっしゃるお二人が仲違いなど……悲しすぎます」

レベッカは、とても親身に私達を見ていてくれたようだ。

それが嬉しいし、申し訳なく思ってしまう。

「レベッカ、今までありがとう。貴女がしっかりと屋敷を管理してくれたお陰で、私はとても快適に過ごすことができたわ。本当は私がするべきことなのに。不甲斐ない主人でごめんなさいね」

「そんなことはございません！　奥様はご立派です！　奥様のお仕事が大変なことは、使用人一同存じております。お忙しいのに、屋敷の者が体調を崩すとすぐに診てくださり、治療魔法を惜しげもなく使ってくださいました。奥様の給料日には、使用人の休憩室にお菓子を置いてくださり、水が冷たくなる頃には、ハンドクリームを置いてくださっていたこと、みんな存じております。我々は奥様を敬愛しております！　ですから、ですからどうか……旦那様と話しあいを……」

こっそりと置いていたのに、みんな知っていたのね。何だか恥ずかしい……

「レベッカ、ありがとう。そう言ってもらえて、とても嬉しいわ。ありがとう。でも……ごめんね。やっぱり一人になりたいの」

きっと、困ったような笑顔をしているだろう。

レベッカの気持ちが嬉しい。だから、答えられないことに後ろめたさを感じてしまう。

彼女は口をギュッと引き結んでから、取り繕ったように笑った。

「差し出がましいことを申し上げました。明日までにご用意いたします。ただ、奥様がいつお戻りになっても快適に過ごしていただけるよう、常に整えておきますので、お心の整理がつきましたらいつでもお帰りくださいね」

レベッカ、ありがとう。

コンコン。私の部屋から夫婦の寝室に繋がるドアをノックした。

小走りの足音が近づき、ドアを開けてくれた。

嬉しそうな苦しそうな、複雑な表情のルイスが私を迎えてくれた。

「アニータ……」

私の心情も同じように複雑だわ……

本当はこのまま自分の部屋で朝まで過ごそうと思っていた。

ルイスは病気のためにミハイルと関係を持っていた。他の噂は仕事の諜報活動の一環で、体の関係はなかった。屋敷の使用人の件も、ミュラー侯爵家が潜入させた間諜から情報を得るためだった。

私に危害が及ばないように排除していたと聞いた。

真実を知っても……許せない。

病気だった、命令だった、仕方なかった……

ルイスの置かれた状況は理解できる。

だけど五年間、私が感じていた苦しみをぬぐい去ることはできないし、彼に対する信頼は回復しなかった。

最低！

臆病者！

不潔！

心の中で罵倒する自分と、私だって最低で臆病者だろうと冷めた眼で見る自分がいる。

何で話してくれなかったの！　となじる気持ちと、怖くて聞けなかったのは自分だろう！　と自分の弱さを非難する気持ち。

こうなったのは、お互いが向きあってこなかったからではないのか。

噂を聞いた時点で、問い詰めるなり泣きつくなりしていれば、もっと違ったのではないか。

すべてをルイスのせいにして、最期を迎えるのは何だか違う気がした。

「入ってもいい？」

驚いたのは一瞬で、彼は嬉しそうに笑って、私を部屋に入れてくれた。

彼を許せない……

でも、自分自身も許せない。

このモヤモヤは……どうしたらいいのかしら……

「眠れないのか？」

「……そうね。いろいろ……考えてしまって」

「……一緒に寝ないか？　もちろん、変なことはしない。君が寝たら執務室に行くから……どうだろうか」

「……いいわ」

こんな提案を受け入れるなんて、自分はどうかしていると思う。

でも……これが最後だろうから……。いい思い出を作りたいと思った。

ベッドに入ろうと布団に手をかけると、後ろからルイスに抱きしめられた。

「本気で離婚するのか？」

「……えぇ。それがお互いのためよ」

「アニータ、愛してる」

「……えぇ、わかってるわ」

私はもう……応えられない。

「君を傷つけたこと、本当にごめん」

「命令だったのだから、仕方ないわ」

許すことはできない。

「これから一生、嘘はつかないし、隠しごともしない。俺のすべてを君に捧げる。すべてをかけて償うから、どうか……」

「貴方の人生は貴方のものよ。誰のものでもないわ」

「君に捧げる」

腕の力が少し強くなった。

痛いわけではないが、苦しい……

「……それなら、長生きしてほしいわ。白髪を生やして、しわしわのおじいちゃんになるまで。そして……幸せであってほしい」

これは本心だ。

ヴィッセル公爵閣下やレオン殿下の話を聞く前から、この気持ちは変わらなかった。

ルイスに対して怒っていたし、失望したし、顔も見たくなかった。私にしてきたことを後悔すればいいとは思った。

でも、不幸になれなんて思わなかった。

「君が……いなければ……生きられない……」

絞り出す声に胸が締めつけられる。

「ごめん、アニータ。ごめん。君を守ると言いながら、君を傷つけてしまった。幸せにするって約束したのに、君を泣かせてしまった。ごめん。二人で生きようと言ったのに、君に何も話さなかった。世界で一番、守りたい、大切な君を……俺は……ごめん、アニータ」

彼の懺悔が胸を締めつける。

「愛してる……」

泣き声に……心が痛む。

閉め出した愛が戻ってきそうだ。

でも無理。だって、私はもうすぐいなくなっちゃうから。

彼を置いて逝っちゃうから……

「ルイス、痛いわ……」

私の言葉にハッとして、彼は腕の力を緩めてくれた。

泣いちゃダメよ。笑わなきゃ。

ダメ……。彼の顔を見られない。

「もう寝ましょう」

私は彼に背を向けたままベッドに潜りこんだ。

肌触りのいいシーツに、フカフカのベッド。

ルイスが三人いても、ゆったり寝られる大きなベッド。このベッドで寝るのも今日で最後だと思うと感慨深いわ。

ギシッ。

ルイスもベッドに入り、私の背中に体を添わせるように横たわった。

「腕枕、してもいいかな？」

「えぇ」

首の下にゆっくりと腕を差しこまれ、私も自然と彼の胸に顔を埋めた。

懐かしい。

昔、ボロアパートで生活していた時、一人用のベッドに二人で寄り添って寝ていたわ。今のように彼の腕に包まれて……。優しく抱きしめる仕草は、昔と変わっていない。窮屈だったのに安心できる私だけの空間だったのにな……

愛していたわ。

どんなに傷つけられても。

でも、もう遅い。やり直すには、私の時間がない。

貴方の贖罪《しょくざい》を受け入れる時間がもうないの。

「アニータ」

ルイスの不安そうな声がする。

「この前、どうして倒れたんだ」

嘘や誤魔化《ごまか》しはきかない。そんな顔だ。

「全部が終わったらね」

『言う』とは約束できなかった……

◇◇◇

教会に離婚届を提出すると、話はあっと言う間に広がった。

診療所で患者さんを診ていると、大抵の人から声をかけられた。

「先生、大丈夫かい？」

「男は元旦那だけじゃないいんだ。もっといい男を捕まえればいいんだよ！」

「ワシの息子はどうだ？」

「この菓子、旨いからやるよ」

常連さんばかりだから、みんなに心配や励ましの言葉をもらった。中には『妊活』はどうなったんだと聞いてくる人もいたが、周りの人に羽交いじめにされていたわね。

「長期の傷心旅行でもしようと思っていますよ。フフ、旅行先でいい出会いがあるかも知れませんね」

と、おどけたように言ってみせたが、「無理して笑わなくていいんだよ」と逆に心配されてしまった。

診療が終わった夕方。予想通りと言うか、考えなしと言うか……シレーヌ嬢が診療所の玄関に押しかけてきた。

「ようやく、身のほどをわきまえてくださいましたのね。お・ば・さ・ま」

亜麻《あま》色のたてロール。

少しタレ目で、可愛らしい紫の瞳を醜悪に細める少女だった。

扇子で口元を隠しているが、きっと歪《いびつ》な弧を描いているのだろうと、呆れてしまう。

「どちら様でしょう？」

「まぁ、愚民は本も読めないのかしらね。わたくしは貴族名鑑の十五ページに記載されている、ミュラー侯爵家の娘、シレーヌ・ミュラーですわよ」

貴族名鑑の十五ページを妙に強調するが、バカらしくて同情してしまう。

要は、貴族名鑑の比較的前のほうに載っている、大貴族の娘だって言いたいのだろうが、滑稽ね。

「これはこれは、ミュラー侯爵家のご令嬢とは知らず、失礼いたしました。庶民は貴族名鑑より新聞を読むものなので、存じ上げませんでしたわ」

――『大した功績もない人なんて、知りませんわ』。

頭がお花畑のお嬢様に、この嫌みはわかったかしら？

「わたくしを知らないなんて、世間知らずね！　年増のくせに、恥ずかしくないのかしら！」

小バカにしてくるけど、こんな公衆の面前で騒いでいる世間知らずは自分なのに。何でわからないのかしら？

「今度時間があれば、貴族名鑑を読んでおきますね。ところでこのような場所に何のご用でしょうか？」

「わたくしとルイス様は婚約することになったの。厚顔無恥な女ではなく、美しくて、高貴なわたくしがお支えして、彼を幸せにして差し上げますわ。ですから、惨《みじ》めなおばさまは遠くから、わたくし達を祝福してくださいな」

「そうですか。それならルーマープレスに大きく取り上げられることでしょう。おめでとうございます」

「ふふっ、すごいでしょう！」

勝ち誇った顔をしているが、ルーマープレスが何かわからないのね。

ルーマープレスとは、貴族や富豪の不祥事や醜聞を面白おかしく伝える雑誌のことだ。

そもそも、離婚直後に婚約するのは世間体が悪い。離婚原因が不倫だと思われ、後ろ指さされてしまうからだ。普通は三ヶ月、短くても一ヶ月はそういった話は表に出さないのが常識。

そんなこともわからないのね。

「純真なお嬢様ですね。お付きの方も、こんなに可愛らしいお嬢様にお仕えするのは大変でしょう」

――『無知なお嬢ちゃんね。このおバカをどうにかしなさいよ』。

おバカさんだけど嫌みだとわかるかしら？

「フン！　おべっかを使って気持ち悪いわね」

わからないか。お付きの人も勝ち誇った顔をしているから同類なのね。

不憫だわ。

「お嬢様、どうかご安心ください。私に未練はございません。お二人の婚約を祝福いたしますわ。おめでとうございます」

本当に結婚できたらね。

「ふんっ！　所詮は出来損ないの落ちぶれ女。相手にするまでもなかったわ。まったく、お父様は何を考えているのかしら。帰るわよ！」

ミュラー侯爵に命令された？　どういうこと？　私への牽制？　だとしたらなぜ？

考えに耽《ふけ》っている隙に、シレーヌ嬢は馬車に乗って去っていった。

頭の残念な少女の突発的な行動ではなく、ミュラー侯爵の意図があってのことだと思うと、悪寒がする。

◇◇◇

ルイスと離婚して十日が経った。

シレーヌ嬢の突然の訪問に何か裏があるように思えて警戒していたが、今のところ何もなく、実に平和だった。

屋敷を出てから、私は診療所の入院患者用の個室で生活していた。住むところを探していたところ、所長にここを使うようにと押しこめられたのだ。鍵もかかるし、安全面でも申し分ない。通勤中にミュラー侯爵家の人と接触する危険もないので、ありがたく使わせてもらっていた。

それに診療所には『エル』の発表した論文が全部あるので、今の私には最高の環境だ。

明日は日曜日で、診療所は定休日だ。

「アニータ先生、明日はどうするんですか？」

「ん？」

「お休みですよ。どこか行くところはないんですか？」

仕事終わりにココが話しかけてきた。

この十日間は診療所から一歩も出ていない。ミュラー侯爵の件もあるが、体がだるくて動きたくなかった。

薬の効きも悪くなってきたように思える。

いつ、動けなくなるかわからないわ……

「ふふふ～、実は、今流行りのお芝居のチケットが手に入ったんですよ！　先生、一緒にどうですか？　いい気分転換になりますよ」

芝居小屋に行くのはいつぶりだろう？

スタンピード前にルイスと行ったきりだと思う。

「妖精のいたずらっていう、喜劇らしいです。先生、一緒にいっぱい笑いましょうよ！」

最近、声を出して笑うこともなかったかもしれない。ココは気を使ってくれているのだとわかった。

「ありがとう。ええ、一緒に行きましょう」

◇◇◇

芝居小屋は、町の中心から少し離れた場所にある。ココと二人で行く予定だったが、エイダンも一緒についてきてくれた。

万が一、私が倒れた時、ココでは対応できないからと、面倒臭そうなのに強引な感じだった。

ただ、チケットは二枚しかないので、エイダンは芝居小屋の隣のカフェで待っていることになった。

芝居は大盛況でとても楽しかった。

ココなんてずっと笑いっぱなしで、その姿を見ているだけで癒されたわ。

「楽しかったですね！」

「ココはずっと笑ってたものね」

「この劇団は舞台装置と豪快な手法で観客を驚かせるので、好きなんですよ！」

観覧直後でココは興奮しているようだ。目をキラキラさせて、頬もピンク色で可愛い。

「兄さんに感謝ですよ」

「お兄さん？」

「はい、チケットくれたのは兄さんなので！」

ココに兄妹がいるとは知らなかった。

「あっ！　よければ家に寄りませんか？　大したおもてなしはできませんが、少し横になって休憩できますよ」

約二時間座りっぱなしだったので、実は腰が痛かった。

このまま帰るのは大変だと思っていたので、ありがたい申し出だ。

「ありがとう。じゃあ、お言葉に甘えるわ。エイダンと合流しましょ」

ココの家は、平民街の中ではそれなりに立地のいい場所に建つ、平屋の一軒家だった。

庭が広く、可愛らしい家だ。

「兄さん、ただいま~。アニータ先生を連れてきたよ」

「お帰り、ココ。アニータ先生、ようこそいらっしゃいました。ココの兄のマリオです」

家の奥からココによく似た青年が、松葉杖を突きながら現れた。

歩き方から、彼が義足だとわかった。

「お邪魔しますね」

「さぁ、どうぞ。ソファーのほうが体を休められると思って、クッションとか、かけ布団を用意しておいたよ」

ココとどことなく似ている爽やかな青年だ。

「さすが兄さん！　私、お茶の準備をしてきます！　先生達はゆっくりしていてくださいね」

そういうと、ココは家の奥に小走りで行った。

私はエイダンの手を借りて、お言葉に甘えてソファーに横にならせてもらった。

すかさずエイダンが脈を測り、血圧測定もはじめた。やけに荷物が大きいなと思っていたら、中に点滴や携帯できる点滴台も入っていた。

「大袈裟ね」

「先輩、自分の体のこと、ちゃんとわかっているんですか？　何が起こってもおかしくないんですよ」

少し怒った様な口振りだ。

本当は、エイダンに劇の観覧を辞めるように言われていたのだ。治療魔法師として当然の判断だと思う。でも、この機会を逃せば二度と劇を観られなくなると言うと、彼はしぶしぶ折れてくれた。

可愛い後輩だな。

「ココの言った通りなんだな……」

マリオさんが呟いた。

「すみません。最近ココが目を真っ赤にして帰ってくるので、事情を聞いてしまいました」

「そう……ですか。ココに心配をおかけしてしまい申し訳ありません」

「先生、ごめんなさい。誰にも言わないって約束したのに……」

お茶を持ったココが戻ってきた。

「いいのよ。それよりも、ココに心配ばかりかけて申し訳ないわ」

「それこそいらぬ心遣いですよ」

「そうだ！　この間お得意様から面白い砂糖をもらったんだ。花の形で、溶けると花びらが浮かび上がるそうだよ」

マリオさんが明るい口調で話しだした。

しんみりした空気を変えようとしてくれたのだろう。

「ココ、そこの棚から箱を取ってくれ」

「あっ、これ？　兄さん、こんなの隠してたの？　私知らなかったよ」

「チケットと一緒にもらったんだ」

「いつも絵を買ってくれる人？」

「あぁ。後援者の方だよ」

綺麗な箱に入れられており、砂糖はピンクや黄色などに色づけされているので、相当高価なものに思える。

おそらく後援者は貴族だろう。

「可愛い～！　あっ、母さん達にも」

そういうと、ココは数個とって皿に載せ、写真立ての前に置いた。

男性と女性、小さな子供が二人写っている。

「あっ……」

これは遺影だ。

「五年前のスタンピードで、ココを庇って瓦礫《がれき》の下敷きに……。俺の足もその時。でも、俺だけでも生き残れてよかったと思ってます。ココを一人にしないで済みました」

悲しい笑顔だ。

「アニータ先生には感謝しています」

「え？」

「俺は救護所に担ぎこまれましたが、瓦礫《がれき》で右足が潰れていて出血もひどかったんです。俺よりも他の患者の命を救うほうがいいと見放されそうになった時、先生が『右足を切断して止血すれば助けられます！』と他の治療魔法師に代わって助けてくれたんです」

スタンピードの時、救護所は地獄だった。悲しいが命の選別を余儀なくされた。

一人でも多く助けるために、無心だったわ。

彼はその時の……

「兄さんの治療が終わった時、先生は腫《は》れた私の目に治療魔法をかけてくれたんですよ。『お兄さんに笑ってあげなさい』って」

必死だったから覚えてないわ。でも、助けられたのならよかった。

「先生、あの時は、ありがとうございました」

「ありがとうございました！」

改まってお礼を言われると、何だか恥ずかしい。

その後は楽しいおしゃべりをして、ココの家を後にした。

乗合馬車の停留所まで送るとマリオさんとココに言われたが、「すぐ近くだし、エイダンもいるから大丈夫」と申し出を断った。


「アニータだな。一緒に来てもらう。抵抗すればその男を殺す」

黒ずくめの男達に囲まれてしまった。

男の持っている剣の柄に『ミュラー侯爵家の紋章』が見えた。

その瞬間、私は自分の迂闊《うかつ》さに気づいた。ミュラー侯爵がシレーヌ嬢を私のところに寄越したのは、私の油断を誘うためだったのだ。

尾行には気を付けていたのに……

シレーヌ嬢の頭の悪さを知り、侮っていた私のミスだ。

第十章　ルイスの悔恨

アニータと離婚して十日経った。

使用人達は俺がアニータを追い出したと思っており、屋敷はかなりギスギスしている。

執事のバレットと侍女長のレベッカは、公爵閣下から俺に関する噂を俺の耳にいれないよう厳命されていたと打ち明けてくれた。そして、それによって俺達の仲が拗《こじ》れてしまったと、土下座しながら後悔を口にした。

諜報活動をしておきながら、自分の噂を知らなかったなんて、俺はとんだ間抜けだな。

彼女を軽んじていたつもりはなかった。ただ、社交界のことは平民にはわからないと、無意識に侮っていたのだな……

彼女を傷つけた。

彼女に知られたくない、軽蔑されたくないと、弱い自分を隠した結果、彼女を失ったのだ。

誰のせいでもない、自業自得だとわかっている。

離婚は作戦で、すべてが終わればまた結婚すればいいと閣下や殿下に諭されたが、彼女が素直に応じるとは思えない。

彼女の病気も気になる。

何度か聞こうとしたが、彼女は頑なに答えなかった。

診療所で倒れた以外で、彼女が体調を崩した様子はなく、診療所を見張っている者からも問題ないと報告が上がっている。

ストレスなどの精神的要因で、一時的に倒れたと思いたい。

彼女が俺の関心を引こうとしているだけだったら、なんて嬉しいことだろう。

彼女の中に、まだ俺に対しての情があるということになる。そうであってほしい。

だが、彼女は誇り高い。そんな子供じみたことはしないとわかっている。

伝えてもらえない辛さを思い知る。

彼女もこんな気持ちだったのだろうか……

執務室の扉をノックする音が聞こえ、顔を上げる。

「入れ」

「ドア越しでも殺気が漏れているぞ」

「なんだ、ランガルドか」

第三騎士団副団長のランガルドだ。

見習い時代からの同僚で、ヴィッセル公爵閣下に忠誠を誓う仲間だ。

「不景気な顔だな」

「……当たり前だろ」

「まぁ、自業自得だ。まさか奥さんに話してなかったとは思わなかったぞ」

「……そう、命令されていたからな」

「お前は本当に不器用だよな。そんなもん、奥さんに話した上で、口裏を合わせてもらうもんだろう。逆の立場なら、お前だって耐えられないだろ」

ランガルドの言葉に反論できず、言葉をつまらせる。

「で、準備はどうだ？」

ランガルドは真剣な顔で言ってきた。

「問題ない。今夜、決着をつける」

今夜、ミュラー侯爵家の特別な晩餐会《ばんさんかい》に招待されたのだ。ミュラー侯爵に与《くみ》する貴族が呼ばれているそうだ。

ここで謀反《むほん》の計画書か、なにかしらの証拠をミュラー侯爵がお披露目したら、それを確保し、包囲している第一騎士団とヴィッセル公爵閣下が乗りこんでくる手筈だ。

この作戦が成功したら、俺は騎士団を辞める。

元ヤーマン伯爵領を閣下からもらい受け、アニータと二人でのんびり暮らすんだ。アニータはきっと、婚姻を渋るだろうが、誠心誠意謝って、もう一度やり直すチャンスを掴む。

最悪、レオン殿下や閣下、ヴィオレット様にも協力を仰ぐことを考えている。

コンコン。ドアをノックする音だ。

「入れ」

「……失礼します」

入室してきたのはミハイルだった。

「じゃ、書類の確認よろしく」

ランガルドは一瞬ミハイルを睨み、そそくさと部屋を出ていった。

ランガルドはミハイルを嫌っている。

原因は俺だが、ミハイルの態度も気に入らないそうだ。俺の恋人気取りで、他の騎士を見下しているように見えるらしい。

アニータに情報を流し、彼女に嫌がらせをしていたことが発覚してから、ミハイルとは会っていなかった。彼を恨んでないと言えば嘘になるが、元はと言えば自分の弱さと恐怖心が、この状況を招いたのは確かだ。

だから、ミハイルに何かするつもりはない。

「用はなんだ。書類なら箱に入れてくれ」

素っ気ない態度で告げた。

「っ！　……医務室の書類をお持ちしました」

俺の態度にショックを受けているようだが、それはお門違いだと思う。

俺に合う薬が見つかるまでの調整役として、ミハイルと体の関係を持っていた。

俺はアニータを大切にしたいから、この狂暴性をどうにか落ち着かせたい。そのため、彼に協力してもらっていたに過ぎない。

そのことはミハイルも了承していたし、充分理解しているはずだ。

「もう、体は……いいんですか？」

書類を入れる時、ミハイルが言った。

「あぁ、もう必要ない」

ランガルドが持ってきた書類に目を向け、極力彼を見ないようにした。

俺にとって彼との行為は、医師の勧めと、薬が見つかるまでの繋ぎだった。

だが、ミハイルは違ったのだと思う。でなければ、アニータと接触して俺達の情交について伝えることはしなかったはずだ。

「僕はっ！　ルイス様を愛しています」

「俺にそのつもりはない。はじめはお前を乱暴に組み敷いてしまったが、それ以降は医師の勧めもあってのことだ。お互い、薬が見つかるまでの関係だと理解していただろう」

やはり……か。

「奥様と離婚したと聞きました。奥様はルイス様をわかってないんだ！　貴方はこんなにも苦しんでいらっしゃるのに、その苦しみを和らげることもできない。僕なら、貴方を独りにしない。僕なら、貴方の愛をすべて受け入れられます」

ミハイルが突然上着を脱ぎだした。

騎士としての筋肉はしっかりついているが、白くほっそりしている。

「貴方につけられた歯形が消えそうなんです。キスマークも、爪痕も、痛みも……。愛しています。奥様の代わりで構いません。どうか僕を愛してください」

ミハイルは泣きながら懇願する。

俺はゆっくりと彼の元に行き、脱ぎ捨てた洋服を肩にかけた。

俺の行動が嬉しかったのだろう。頬を染めてこちらを見てくる。

「お前の気持ちには応えられない」

俺は冷たく突き放した。

彼にいらぬ期待をさせてしまったのだ。恨まれようが、今ここで訂正しないといけないと思った。

「お前はまだ若い。いくらでもやり直せる。俺のような最低な男ではなく、お前を大切にしてくれる誰かがいるはずだ」

「嫌です！　僕は、ルイス様を愛しているんです」

「俺はアニータを愛してる」

「っ！　それでも！　どうしたら……どうしたら僕を愛してくれますか。二度と奥様には関わりませんし、今回のような愚行は犯しません。ただ、僕を……今までのように愛してもらえませんか……」

ミハイルはそっと俺の裾を掴んだ。

「貴方が好きなんです……」

「すまない」

ミハイルの手から裾を抜く。

「もう、そういうことはしないと決めたんだ。実際、あんなに苦しんでいた狂暴性も、今は治まっている」

「……そんなの、一時的ですよ。あんな激しい感情が、いきなりなくなるなんておかしいですよ。ルイス様には僕が必要です。僕だけが受け止められます。僕だけが、貴方を救えるんです！」

ミハイルに抱きつかれそうになり、俺は体をよじってかわした。

かわされると思っていなかったのか、ミハイルは地面に手をついた。

「お前とは終わったんだ。今までありがとう」

「っ！　終わってません！」

「終わりだ」

「ルイス様！　……嫌だ、嫌だ！　認めない！　認めません！」

ミハイルは俺の足にしがみつこうと手を伸ばしたが、俺は距離を取ってその手から逃れた。

「話は終わりだ。服を整えて出ていけ」

不意にミハイルの上着を見ると、ポケットから何か出ていた。それは見つからなかった、アニータとお揃いの結婚指輪だった。

ミハイルは慌てて指輪に手を伸ばしたが、俺が手にするほうが先だった。

ずっと探していた。アニータに指摘される前から、ずっと。

「こっ、これは、その……拾ったんです」

ミハイルはみるみる青ざめていった。

怒りで、彼を殴りそうだ。

鋭い視線を向けると、口をパクパクしはじめた。

「ルイス様が、寝ている時に……その、出来心だったんです！　僕としている時、奥様の名前を言うから、奥様に向ける愛を僕にも向けてほしくて、その、どんな指輪か見たくて……えっと……いじっていたら取れて、その、返そうと思って」

矢継ぎ早に言い訳を述べるが、言葉を紡ぐほど俺の怒りも積み上がって行くようだ。

「出ていけ……。今すぐ、俺の前から消えろ!!」

窓がビリビリ振動するような、そんな大声を出してしまった。そうしなければ、ミハイルに掴みかかりそうだったのだ。

きっと掴んだら最後、殴り殺すまで拳を止められないと思う。

「ヒイッ！」

ミハイルは自分の服を掴みながら、四つん這いで俺から遠ざかり、転がるように部屋を出ていった。

彼の退出後、俺は椅子に腰掛け、やっと見つけた指輪を指に通した。左手の薬指だ。

アニータとのことは何も解決していないのに、指輪を取り戻せたことで、彼女との日々を取り戻せたように思えた。右手で指輪を包みこみ、自然と唇を押し当てた。

廊下から慌ただしい足音が近づいてきた。

それは、ノックすることも忘れたランガルドだった。

「アニータさんが攫われた！」

一瞬、頭が真っ白になった。

「ごっ、護衛は？」

ランガルドが首を横に振る。

全滅したってことか？

彼女の安全のため密かにつけていた護衛達。その全員が倒された？

彼女を失ってしまう恐怖を覚え、手足の震えが抑えられない。

「アニータ先生を助けてください！」

ランガルドの後ろから現れたのは小柄な少女だった。確かアニータ専属の受付嬢ココだ。

彼女の自宅から乗合馬車の停留所に向かう途中で、黒ずくめの男達に連れ去られたと近所の住人から聞いたらしい。

「道端にエイダン先生の鞄が落ちていて……お願いします。先生を助けてください！　早くしないと薬が！」

「薬？」

ココは持っていた大きな黒い鞄を応接用のテーブルに置いた。

中身を確認すると、そこには点滴や大量の薬が入っていた。

「おい、この点滴！」

ランガルドが慌てて、点滴を取り出した。

医療知識が乏しくても、そこに書いてある文字を読めば、彼女の病気がどのようなものであるかすぐに分かった。初期で発見されれば助かる確率が高いが、発症から時間が経つと死亡率が跳ね上がる病。ココの焦燥ぶりから、俺は最悪の事態を予想した。

「教えてくれ……。アニータは……アニータは……、初期なのか？」

ココが視線をそらす。

答えないが、その態度が雄弁に物語っていた。

「……」

目の前が暗くなる。


アニータが死ぬ……？


俺は立っていられず、膝から崩れ落ちた。

今まで疑問に思っていたことが一斉に繋がり出した。

今まで俺が何をしても怒らなかったアニータが、突然変わった理由。

ヴィッセル公爵閣下に相対して、一歩も引かなかった理由。

それは……彼女に残された時間が少ないから。

彼女はすべてに決着をつけようと行動していたのだ。

その結果が『離婚』だった。

病気のことを頑なに話さなかったのは、俺をすでに見限っていたからだ。

最後の瞬間を看取るに値しないと。

アニータ……

彼女の背中が遠退く。

アニータ……

彼女が暗闇に消えていく。

棺に眠るアニータが思い浮かんだ。

「っ！！」

頭を抱えて床にうずくまった。

「おい、しっかりしろ！」

ランガルドの声にはっ！　とする。

「アニータ嬢の捜索は俺が指揮をとる。心配なのはわかるが、そろそろ時間だ。お前にはお前の仕事があるだろう」

俺の仕事？

アニータを失うかもしれないのに、覇権争いの道具になることが、俺の仕事なのか？

「……アニータを捜す。現場はどこだ。何か手がかりが落ちているかもしれない」

立ち上がり、執務室のドアに向かう。

「待てルイス！」

「俺は！　アニータ以外何もいらないんだ！　地位も名声も、何も！　覇権争いなどクソくらえ！　アニータを失うなら、こんな国、どうなろうが構わない!!」

「落ち着け！」

ランガルドが俺を止めようと羽交いじめにしてくる。しかし、俺は止まらない。

今すぐアニータを捜し、彼女をこの手で抱きしめたい。彼女が拒もうと、ずっと側にいる。

彼女が死ぬのなら、側でこの命を捨てたい。

「冷静になれ！　ルイス！　くっ……。そうだ！　彼女を誘拐する犯人は誰だ？」

犯人？　犯人は……

「ミュラー侯爵家だろ！」

あぁ、そうだ。あいつらだ。

「それに、誘拐だ。アニータ嬢を連れ去ったのは、何か理由があるはずだ。今日の会合だって、お前らが離婚した日に突然決まっただろ！」

あぁ、そうだ。

アニータに何かしらの用事があったと考えられる。ミュラー侯爵のもとに行けばアニータの居場所が判明するはずだ。

「……ランガルド、ありがとう。少し落ち着いた。俺は急いでミュラー侯爵邸に向かう。あと、閣下に手紙を届けてほしい。内容は誰にも見せるなよ」

手紙を書こうと執務机に向かうと、部屋の端でカタカタ震えているココが目に入った。

ランガルドは俺がキレることに耐性があるが、少女のココには衝撃だったのだろう。

「ココ嬢、すまない。取り乱した。アニータは必ず助ける」

「は、い……お願い、しま、す」

完全に怯えられてしまった。

ランガルドに目配せをしてココを退出させて、閣下に手紙を書きはじめた。

◇◇◇

ミュラー侯爵邸は王都の西側に位置しており、王宮から少し離れている。

建物から音楽が聞こえる。もう夜会はスタートしているようだ。

馬車を屋敷の入口につけると、フットマンが出迎えてくれた。

「ダグラス騎士団長様、よくお越しくださいました。皆様会場にてお待ちです。ご案内いたします」

馬車を降りた次の瞬間。

ドンッ!!

大きな音をたてて、屋敷が爆発した。

突如屋敷から火が出て、中から悲鳴を上げながら人々が飛び出してきた。

格好から、招待された貴族や屋敷の使用人だろう。

「クソッ！　あれは何だったんだ！」

使用人に掴みかかる貴族の男が目に入った。

「わかりません。旦那様から、パーティーがはじまったら魔道兵士を中央に配置しろと言われていただけなんです！」

魔道兵士？

もしや、五年前にダンジョンで暴れていた魔道兵士『ガーディアン』か!?

「何で爆発するんだ！」

「わかりません！」

「ミュラー侯爵はどうした！　文句を言わないと気がすまん！」

「旦那様はご用事で、パーティーには遅れて参加すると……」

「クソ！　あの狸ジジイ!!」

「誰か！　誰か助けて！　娘がまだ中にいるのよ！」

「私の妻もだ！　お前、すぐに助けに行け！」

「嫌ですよ！　自分はまだ死にたくありません！」

貴族達は使用人にすがりつき、屋敷内に取り残された家族を救いに行けとのたまった。

俺は懐にしまっておいた信号弾を空に打ち上げた。これは、俺がミュラー侯爵の謀反《むほん》の証拠を確保したので突入せよと言う合図だった。

隠れていた第三騎士団の部下が次々と現れた。

「人命救助が優先だ！　負傷者を集めて介抱！　第五部隊は後方支援でここに残り、負傷者の手当て、第一部隊は俺と屋敷に侵入する！　他は消火活動に専念しろ！　動ける男は誰でも手伝わせろ！　逆らう者は反逆罪で縛り上げて構わない！」

「「はっ‼」」

「一人でも多く救うぞ！」

「「はっ‼」」

俺は近くの噴水で体を濡らして屋敷に入った。

アニータ、必ず助ける！

◇◇◇

「アニータ！　どこだ！　アニータ！」

俺は閉まっている扉を片っ端から開けていった。屋敷の中はひどい惨状だ。

「アニータ！」

パーティー会場にたどり着いた。

壁はひびが入っており、早くしないと救出部隊も巻き添えになりそうだ。

「生存者がいないか確認しろ！」

「はっ！」

部下と手分けして瓦礫《がれき》の下や近くの部屋を捜索するが、アニータも、生存者も見つけられなかった。

「ルイス団長！」

部下の一人が声を張り上げた。

「生存者です！」

瓦礫《がれき》と瓦礫《がれき》の間で奇跡的に押し潰されずに難を逃れていたのは、シレーヌ嬢だった。

「左足が瓦礫《がれき》に埋まっているようです！」

「人と長い棒を集めろ！　人力で瓦礫《がれき》を持ち上げよう」

「はい！」

部下は応援を呼びに駆け出した。

「シレーヌ嬢！　しっかりするんだ」

「ルイス……様？」

「もう大丈夫だ。助けに来ました」

「あぁ、ルイス様！　うっ……」

足が下敷きになっているのだ、シレーヌ嬢は痛みで顔を歪めた。

「何があったんですか？」

極力平静を心がける。

本心は掴みかかってアニータの居場所を尋問したいが、今それは悪手だ。

まずは相手を落ち着かせ、ゆっくりと聞き出す。慌ててはすべてを仕損じる。

「わっ……わかりません。乾杯の挨拶をしている時に、突然、爆発したんです。お父様の研究していた魔道兵士が……大型で、シルバーの鎧《よろい》を着ていました」

やはり、五年前にダンジョンを襲った魔道兵士『ガーディアン』だな。

「お父上は他に何か言っていませんでしたか？」

「えっ……」

「何でもいいんです。例えば誰かと交渉するとか、誰かを捕まえたとか」

直接的すぎるかと思うが、彼女は動転しているので、何か知っていれば口を割ると思えた。

「そのようなことは何も……。ただ、長年の夢が叶うと朝食の時に言っていました」

長年の夢？

「ヤーマンの隠し財産だと……」

ヤーマン!?

アニータの両親の隠し財産ということか？

「他には何か言っていましたか？」

「いただくものがあるらしく、陛下に会いに行くとも」

やはり……

「団長！　人を集めてきました」

「よし、瓦礫《がれき》が崩れないように配慮しながら、令嬢を助けるぞ！」

「「はっ!!」」

部下達は手慣れた様子で救出作業に取りかかる。

「団長！」

別行動させていた部下が戻ってきた。

「どうだ？」

「地下牢を発見し、中を確認しましたが誰もいませんでした。念のため、それらしき部屋はすべて確認しましたが、アニータ様を発見できませんでした」

「そうか、ご苦労」

ということは、アニータはミュラー侯爵邸にはいない。

侯爵はおそらく城に向かったはずだ。

アニータを連れて？

いや、彼女を城に連れていっても意味はない。

ではどこだ？

「団長！　救出完了しました！」

「よし、では全員退避！」

ホールを出ようとすると、シレーヌ嬢のわめく声がした。

「離しなさい！　わたくしに触っていいのはルイス様だけですわ！」

「ご、ご令嬢、暴れられては困ります」

シレーヌ嬢を抱き抱えていたのは新人の騎士だった。この緊急事態に我儘を言うとは、呆れてしまう。しかし、こんなところでぐずぐずしてはいられない。

新人騎士の手からシレーヌ嬢を受け取り、肩に担いだ。

「きゃっ！」

「モタモタするな！　柱がもうもたない。安全確認しながら出口に向かうぞ」

「はっ！」


部下を先行させながら、瓦礫《がれき》の合間を縫って出口に向かう。

「ルイス様、痛い、お腹」

「緊急事態ゆえ、我慢してください」

「ひどい……。わたくしは貴方の妻になるのですよ。先程の方のように抱き抱えてくださいませ」

頭にウジでもわいているのかと思う。

俺達は、今にも崩れそうな屋敷から必死に脱出しようとしているのだ。部下達は人を運んでいる俺が通りやすいように、瓦礫《がれき》を支えたり、押さえたりしてくれていた。

そんな緊迫した現場で、甘ったるい声を出すのは不謹慎だろう。

「しゃべると舌を噛みますよ」

ぶっきらぼうな言い方をしているのに、彼女は「フフ」と嬉しそうに笑った。

「心配してくださるのですね」

勘違いもここまで来ると気味悪く思う。

「式はいつにいたしましょう。あの年増が悔しがるように盛大にやりたいですわ。フフ、あの女、『私に未練はございません』なんて言っていたけど、わたくしに対して威嚇《いかく》しておりましたもの。無様でしたこと。フフ」

もう少しで出口だ。怒りで判断を間違えると、部下の命も危ない。

俺はアニータに対する暴言に我慢しながら、出口を目指した。

周りの部下達は俺の怒りを敏感に察知したのか、少し距離を取っているのがわかる。

「英雄の妻など分不相応なのに、いつまでもその座にしがみついて、みっともなかったですわよね。これでようやく、家柄も、血筋も、美貌も、ルイス様にぴったりなわたくしがお側にいられますわ」

出口に着いた。

「全員いるか！　点呼！」

全員脱出したことを確認し、医療班にシレーヌ嬢を乱暴に引き渡した。

「きゃっ！　もう、乱暴ですわね」

雑に扱われても嬉しそうにしている。周りの部下達も顔を引きつらせていた。

ドンッ！！！

激しい爆発音がしてあたりを見回すと、東の空が赤くなっている。

あちらは王城の方向だ。

ミュラー侯爵が謀反《むほん》を起こしたのか⁉

「第一部隊！　ここは任せる。俺は王城に向かう」

万が一にもアニータがミュラー侯爵と行動を共にしていたら、危険な状態だ。

乗ってきた馬車の馬を一頭外し、乗ろうとした時、シレーヌ嬢が呼びかけてきた。

「ルイス様！　どちらに行かれるのですか？　わたくし、怖いですわ。どうかわたくしの側に来て、守ってくださいまし」

弱々しい女性を演じているが、仕草があざとくて不快な気持ちになる。

無視して馬に乗るとシレーヌ嬢の甲高い声が響いた。

「貴方の妻であるわたくしを、放り出して行くと言うのですか⁉」

無視をするべきだとわかっている。しかし、蓄積された怒りが漏れ出てしまう。

「貴女は私の妻ではない」

押し殺した声が漏れてしまった。

「なっ！　わたくしはミュラー侯爵家の娘ですわよ。血筋も、美しさも、若さもありますわよ！」

だから何だ？

冷めた目で見ると、彼女は得意気な顔で言ってきた。

「ミュラー侯爵家は古くから王家に忠誠を捧げる、由緒正しい家柄ですわ。前国王陛下はその忠誠心を評価し、お父様に多くの領地を与え、国で最も美しいと称賛されたお母様と婚姻も結ばせてくださいましたの。わたくしはお母様に似ておりますから、数年すれば国を代表する美女になりますわ！　また、カフェのシャルロットでわたくしを自慢してくださいな。それに若いですから、ルイス様とベッドを共にさえすれば、すぐにお子を身籠ることも簡単ですわ。わたくしこそが、ルイス様の伴侶に相応《ふさわ》しい！」

あぁ……くだらない。

「貴方に愛されるのは当然、わたくしですわ!!　あんな平民の、不細工で、年増女などに負けないわ！」

我慢の限界だ。

「くだらない。お前の勘違いに辟易《へきえき》する。高貴な身分？　そんなもの、何の価値もない。国一番の美しさ？　人の美しさとは内面から輝くものだ。浅慮で愚劣なお前からは醜悪なものしか感じられない。子作りのための若さ？　ガキ臭いだけだ」

「なっ！　ルイス様はわたくしのことを可愛いと、一緒にいられて光栄だと、そうおっしゃったではありませんか！」

「任務だったからだ。貴女に取り入り、ミュラー侯爵家を探るための」

「そんな……ひどい」

「それも高貴な血筋に生まれた者の宿命だ。だから貴族達は足を掬《すく》われないように勉学に励み、情勢を読み、己を磨くんだ。血筋の上であぐらをかく者の末路はみんな、貴女と同じだ」

シレーヌ嬢は、信じられないというように目を見開き、口をパクパクしていた。

「俺が愛しているのは、この世でただ一人、アニータだけだ」

馬の上から睨みつけると「ひっ！」と、恐ろしさからシレーヌ嬢は後退りした。

「お前じゃない」

第十一章　王城襲撃

爆発音。

男達の怒鳴《どな》り声。

剣と剣がぶつかる音。

窓の下では、多数の騎士が魔道兵士『ガーディアン』と戦っている。


コツ……コツ……

誰もいない廊下を初老の男がゆっくりとした足取りで歩いていた。魔道兵士一体を伴っている。

男は、一際大きくて豪華に装飾された金の扉を無遠慮に開き、中に入った。

迷うことなく一つの絵の前に立つと、足元の壁を軽く蹴った。すると、壁が後ろに後退し、足元から宝箱らしきものが現れた。

胸ポケットから鍵を取り出し、宝箱を開ける。

中には書類や本、映像を記録する水晶が入っていた。

「クククッ……クッ」

笑っているのか、泣いているのか……男の口から漏れる声からは判断がつかなかった。

男は魔道兵士に宝箱を持たせ、テラスに出た。

「シャーリー、ミーシャ。お前達の無念は必ず晴らしてやる。そうしたら、ワシを笑顔で迎えてくれ」

男が魔道兵士に触れようとした時。

「そこまでだ！」

大勢の騎士を引き連れたヴィッセル公爵が扉から現れた。

「その魔道兵士から離れろ、ミュラー」

「おぉ、ヴィッセル。よくワシがここに来るとわかったな」

「貴様が乗ってきた馬車から魔道兵士が四体、地下から十体も出てきて、王城は大混乱だ。狸ジジィの貴様が正面突破するとは思えんでな。下は陽動、本命は上の方だと思ったのよ。まぁ、まさか王の寝室に来るとは思わなんだがな」

「カッカッカッ！　さすが長年の宿敵。読みが冴えておるな」

緊迫した状況なのに、まるで旧友とふざけあっているような会話だ。

「逃げ場はないぞ。観念するんだな」

「逃げる？　ヴィッセル、考えが甘いのう。ワシの狙いがわかっとらん」

「犯罪者の考えなどわかるわけがなかろう。お前を捕らえればすべて終わりだ」

騎士達はジリジリとミュラー侯爵ににじり寄る。

「ククク、そうか。ヴィッセル、お主の負けだ」

そう言うと、ミュラー侯爵は魔道兵士の背中のスイッチを押した。

「全員離れろ！」

ヴィッセル公爵の声に騎士達は盾を構え、後ろに後退した。

魔道兵士は足から火を出し、轟音《ごうおん》と共に空へと飛び出した。

「なっ⁉　飛んだ？」

ヴィッセル公爵が驚いていると、バタッとミュラー侯爵が床に倒れた。

腕や顔に大きな火傷《やけど》を負っている。

「ミュラー！」

ヴィッセル公爵はミュラー侯爵に駆け寄った。

二人は政敵だが、幼少期から喧嘩《けんか》ばかりしている同学年の友達だったのだ。

冷静で一見冷たそうなのに、実は負けん気が強くて情熱的なミュラー侯爵。

大雑把で無頓着、どちらかと言えばがさつだが、仲間思いで男気のあるヴィッセル公爵。

二人は反発しあいながら、お互いを認めていたのだった。

「すぐに治療する。こんなところで勝手にくたばるんじゃない！」

「カッカッカッ……。相変わらず甘ちゃんだな。なに、どうせ長くない命だ。ワシは捨ておけ」

「勝手に死んで、終《しま》いになんかにさせないぞ！　お前にはきっちり生きて、罪を償わせるのだからな！」

「償いか……。償うつもりはない。ワシは王家への復讐を完遂するだけだ」

「王家への復讐？」

「……シャーリーを覚えているか？」

「あぁ、お前の元婚約者だった女性だろ。確か流行り病で亡くなったと」

「表向きはな。彼女は……殺されたんだ」


二十五年前。

当時の王妃主催のお茶会が開かれた。

呼ばれたのはミュラー侯爵の婚約者、シャーリー・リバプール侯爵令嬢。

前ヤーマン伯爵の妹、フォンティーヌ・ヤーマン伯爵令嬢。

ナサニエル・マーヴィル前侯爵令息の婚約者、リリー・クライメル伯爵令嬢。

本来はそこにヴィッセル公爵の妻デイジーも加わるはずだったが、出産直後のため参加できなかった。

そのお茶会で事件が起こった。

ナイヴィーレル王国を訪問していたバルバドス帝国の大臣達が、お茶会に来ていた令嬢達に目を留め、酒の酌をするよう要求したそうだ。

当時王国は天候不良で作物が育たず、飢饉で苦しんでいた。帝国からの援助を引き出すために、前国王はお茶会に来ていた令嬢達を差し出したそうだ。

彼女達の家には、流行り病に感染したので、王宮で治療すると連絡していたそうだ。

あとは、大臣達が帰国するまでの半月、彼女達は体を蹂躙《じゅうりん》され、シャーリーは嗜虐趣味の大臣に首を絞められて亡くなったらしい。

他の二人も精神に異常をきたし、病気に見せかけて殺されたそうだ。


「そっ……そんな……」

「シャーリー達が死んでから五年経った頃、ナサニエルが当時王宮に勤めていた下女に口を割らせたんだ。事件後すぐに王宮勤めを辞めて消息を絶って、隠れるように場末の酒場にいたのをようやく見つけたと言っていた。あいつもクライメル伯爵令嬢を心から愛していたからな。だが、あいつは一人先走ってバルバドス帝国に乗りこみ、大臣一人を闇討ちして死んだ」

「……」

「我がミュラー侯爵家は古くから王家に忠誠を捧げ、前国王を王位につけるために多大な援助を行っていた。それを裏切る行為だ。愛するシャーリーが理不尽に殺されたのなら、その報いを受けさせたい。しかし、下女の証言だけで王を追及するなど不可能だった。そこで、真相を探るために妹のミーシャが王宮に奉公に出たんだ。ミーシャもシャーリーが大好きで、義姉となるのを楽しみにしていたからな。苦悩するワシを見かねて、そう提案してくれた。だが……」

「お前の妹は……」

ミュラー侯爵は頷いた。

「ミーシャは失敗した。最後に会った時に『下女の話は本当だった。だけど証拠がない。王の寝室に隠し扉があるらしいから、そこにバルバドス帝国との密書があるかもしれない。忍びこんで証拠を見つけようと思うわ。大丈夫よ。今までも見つからなかったんだから、今度もうまくやるわよ』と言っていた。その数日後、井戸に落ちて死んだと連絡を受けたよ」

ミュラー侯爵は乾いた笑いをした。

痛々しいその表情にヴィッセル公爵は顔を歪めた。

「ヴィッセル……、お前が羨ましい。愛する女、娘がいるお前が」

「お前にだって娘がいるだろ」

「……デイジーがシャーリーと同じ目にあったら、お前は他の女を抱けるか？」

「……わからん」

「ワシは抱けなかった。義務と思い寝室を共にしても……。ククク、抱いていないのに子供ができるとは不思議だろ？」

「おい、じゃシレーヌ嬢は誰の子なんだ」

「わからん。前国王に、好きでもない女を傍らに置く苦しみをお前も味わえと言われたわ。奴の政略結婚を推し進めたワシへの報復だろう。ご丁寧に種付けされた女を寄越すのだから、笑えたよ。しかも、秘密裏だが産まれた子に爵位授与をしやがったんだ。子供が死ねばそのことを明らかにしてミュラー侯爵家は断絶される。あのクソ野郎が……」

あまりの事実にヴィッセル公爵は言葉が出ないようだ。宿敵であるミュラー侯爵を辛そうな顔で見ていた。

「あれほど王家に尽くしたのにな……。ヴィッセル、この怒りはどこに向ければよい？　一番責任を問うべき前国王は鬼籍に入り、前王妃も後を追うように死んだ。ワシは……誰に憎しみをぶつければいい？」

「だからか……」

「あぁ、前国王がシャーリー達を帝国に捧げて守った、こんな腐った国をぶっ潰してやる。その思いで生きてきた。ワシが国を乗っ取りバルバドス帝国に戦争をふっかけ、両国を葬り去る。それができないなら、この国を内乱でボロボロにしてやる！」

ミュラー侯爵の瞳は憎しみに囚われ、ほの暗い。

「……お前に同情するが、やり方が非情すぎるだろ。スタンピードを起こし、謀反《むほん》を起こし、国民を巻きこむなど、シャーリーを生け贄にしたヘンリーと変わらないだろ」

「その名前を呼ぶな！　虫酸《むしず》が走る！」

前国王の名前を出すだけで、ミュラー侯爵の瞳は血走り、悪鬼のような形相になった。その顔には今まで蓄積された悲しみや怒り、絶望がにじみ出ているようだ。

前国王ヘンリーもまた、貴族学園での学友だった。

「ゴホッ、ゴホッ！」

興奮したためかミュラー侯爵が咳きこみ、血を吐き出した。

「ミュラー!?」

「……騒ぐな。時間が来ただけだ」

「時間？」

「ワシにもっと時間があれば、王国を引っ掻き回し、内乱を起こすはずだった。……病だよ。もう、体が限界なだけだ」

五年前のスタンピード事件前に発覚したそうだ。

発症後、ほとんどが三年も生きられないとされる病だそうだ。

ミュラー侯爵が約五年も生きられたのは、執念としか言いようがない。

「だから……こんなことを……」

「死ぬ前に決着をつけたかったんだ。ククク、見届けられないのが残念だが、ワシの復讐は完遂した。時が来れば、その意味がわかる……」

ミュラー侯爵の瞼《まぶた》が閉じた。

その顔はまるで悪戯《いたずら》が成功した少年のようだ。

「閣下!!」

すごい勢いでルイスが部屋にやってきた。

部屋の中の状況を見て、慌ててミュラー侯爵に駆け寄った。

「アニータをどこにやった！」

ミュラー侯爵の胸ぐらを掴む。

「言え！」

しかし、ミュラー侯爵の体はダラリとして、動かなかった。

「死ぬ前に、アニータの居場所を言え！」

どんなに揺さぶろうが、ミュラー侯爵が反応することはない。

「このクソがぁぁぁ!!」

ルイスの絶叫が部屋に響き渡った。

「……ルイス、止めろ。もう……」

ヴィッセル公爵がルイスの肩に触ると、ミュラー侯爵に向けていた視線を彼に向けた。

「閣下、アニータはどこですか？」

底冷えするような、そんな声だ。

「ミュラー侯爵に会ったら、彼女の居場所を探ってほしいと、手紙でお願いしたではありませんか。閣下、アニータはどこですか？　閣下!!」

普段のルイスなら、ヴィッセル公爵に詰め寄ることはもちろん、胸元を掴むことなどなかっただろう。正気を失っているとしか思えない行動だ。

「ルイス……落ち、つけ」

「閣下、俺はアニータのためなら何でもする男ですよ。彼女はどこですか」

ルイスの様子は常軌を逸していた。

「お父様!!」

ヴィオレット王太子妃の声が部屋に響いた。

出入口付近に複数の騎士と共にいる。

彼女は血相を変え、ルイスの腕を掴んだ。

「手を離しなさい！　ルイス・ダグラス！　命令です!!　アニータの居場所を知りたくないのですか！」

『アニータの居場所』。

その単語が、ルイスを正気に戻したようだ。

「ゴホッゴホッ！」

「お父様！」

ルイスから解放されたヴィッセル公爵は、むせながら呼吸を整えようとしている。

「申し訳ありません」

ルイスは跪《ひざまず》き、騎士の礼をとる。

「よい。ヴィオレット。アニータ嬢は」

「アニータが誘拐された現場を聞きこみ調査していた者からの報告では、一緒にいた青年と共に不思議な箱に押しこまれ、空に飛びたったそうよ」

「飛びたった？　魔道兵士と同じか……」

「ミュラー侯爵邸には何か手がかりはなかったの？」

「アニータがいた痕跡はありませんでした。シレーヌ嬢もアニータの行方は知りません。シレーヌ嬢の証言で、ミュラー侯爵は『ヤーマンの隠し財産』と口にしていたそうです」

三人はお互いの情報を聞いて思考を巡らせた。

「北の塔！」

「王都の元ヤーマン伯爵邸！」

「元ヤーマン領の屋敷！」

ヴィッセル公爵、ヴィオレット王太子妃、ルイスの声が重なった。

「魔道兵士と言えばアレクサンドル殿下だ。北の塔で密かに研究していた可能性がある。それに、ミュラーが魔道兵士に何かを持たせて発射させた。アレクサンドル殿下の元に向かわせたんだろう」

「アレクサンドル殿下の元に向かった可能性はあるけど、北の塔は違うと思うわ。魔道兵士を利用した時点で、彼が反逆の片棒を担いだのは明白。であれば、もう塔にはいないはずよ。ヤーマンの隠し財産……。前伯爵は用心深い人だったわよね」

「あぁ。アニータ嬢によって裏帳簿が発見されなければ、まず露見しなかった」

「そんな人が隠す場所……自分の手の届かない場所には置かないと思うわ」

「そうなると……王都の屋敷ですか？　違法カジノは王都の地下街で運営していたと聞いてい

ます」

ヴィオレット王太子妃はルイスの言葉に頭をひねる。

「可能性はあると思う……でも、それなら人目があるのにわざわざ空を飛んだ意味がわからないわ。王都に潜伏しているなら、こっそりアニータを連れ去るはずよ」

残るは一つ。

「「ヤーマン伯爵領」」

第十二章　私は再会する

「……い、せ……ぱ……っ！」

誰かが呼んでいる……

「先輩！」

エイダンの呼びかけに、私ははっ！　と目を覚ました。

「先輩！」

半泣きのエイダンの顔が目に飛びこんできた。

ここはどこだ？　どこか見覚えのある部屋だ。

私はベッドに寝かされていた。

あの路地で、黒ずくめの男達に捕まり、木箱に押しこまれた。

外は見えない状態だが、妙な浮遊感とスピード感があった。徐々に息苦しさと寒さを感じ、暖を取るためエイダンに抱きしめられていたが、次第に意識を保てなくなったのだ。

あれは何だったんだろう……

「先輩、どこか痛みや違和感はありませんか？　あと、予備の薬など持っていますか？」

「鞄に飲み薬があるわ」

それを聞いて、エイダンは私のショルダーバッグの中身を確認した。だが、薬は二日分しかない。

「すみません。俺が鞄を落としたばかりに……」

男達に囲まれた時、エイダンは私を庇うために抵抗したが、ガタイのいい男性に左頬を殴られていた。

その拍子に鞄を離してしまったのだ。

左頬は痛々しいほどに腫《は》れている。

「エイダン、こっちに来て」

彼の左頬に触れて治療魔法を施す。

「先輩⁉」

「大丈夫よ。やらせて」

はじめは離れようとしたが、私の言葉に渋々従ってくれた。

「ごめんね、エイダン」

「俺の方こそ、守れなくてすみません」

「いいえ、貴方は守ってくれたわ。その証拠に、私に痛みや傷はないもの。ありがとう」

ニッコリ微笑むと、エイダンは少し顔をうつむかせた。

しばらく治療魔法を施すと、腫《は》れた頬は元に戻った。

「……ありがとうございます」

照れているのか、ぶっきらぼうな物言いだ。

こんな時だが、可愛いと思ってしまう。

ドアをノックする音がして、私達に緊張が走る。

返事を待たずに扉が開いた。

「アニータ・ヤーマン。君と取引したい」

入室してきたのは、ダークシルバーの髪と青い瞳を持つ青年だった。

会ったことはない。だが、王国民なら誰もがその絵姿を見たことがある。

「アレクサンドル殿下……」


アレクサンドル・リン・ナイヴィーレル殿下。二十五歳。

ヘンリー前国王と東方から嫁いだ側妃の間の子供だ。

とても嫉妬深い前王妃様が側妃を何度も暗殺しようとしたことは、公然の秘密だ。

側妃は産後の肥立ちが悪く他界。暗殺を回避するため、彼は魔道国家グスタフ王国に逃げていたが、前王妃様が亡くなってしばらくした約十三年前に帰国された。

一般の情報では、五年前のスタンピードで負傷し、静養のために王都を離れたと聞いていた。しかし、実際は北部の城に幽閉されているとヴィッセル公爵閣下から教えてもらった。

北部は一年中寒く、暖炉の火を絶やさないと聞く。暖炉に火がついていないことから、ここは北部ではないとわかった。

では、ここはどこなの？　なぜアレクサンドル殿下が？

「アレク、アニータ様は目を覚ましたばかりなのよ。まずはお茶をお出しして、ゆっくり話しあいましょう」

ワゴンカートを押して女性が入室してきた。

黒髪に白髪が混じっていたが、スッと背筋を伸ばし、力強い眼差しは当時のままだ。十数年会わなくてもわかった。

「……マーサ」

両親よりも親らしかった、乳母のマーサだった。

マーサの『抹茶』を飲みながら、私たちとアレクサンドル殿下は向き合って座っていた。

幼い頃はマーサのたてた抹茶が大好きだったが、今は味を感じない。

二人から聞いた内容が衝撃的すぎて……どうすればいいのかわからない。

……整理しよう。

ここは、元ヤーマン伯爵領にある元伯爵邸。私が寝ていたのは、元々私が使っていた部屋だった。

王都からここまで、馬車にもよるが五日はかかる。それを、空飛ぶ箱状の魔道具を使用して約二時間で移動してきたらしい。

アレクサンドル殿下は北部の城に幽閉されているように見せかけて、五年間ここでマーサと魔道具の研究開発を行っていたそうだ。スタンピードを引き起こした魔道兵士は、命令に従うことができなかったらしいが、最新の魔道兵士は指示を理解して行動させられるそうだ。

そして……一番衝撃を受けたのは、マーサの正体。

彼女の本当の名前はマサヨ・リン。

アレクサンドル殿下の亡くなったはずの母親だったのだ。

私を誘拐したのは、この屋敷に眠る両親の隠し財産を取り出すのに、私の力が必要だったからだそうだ。

「これだ」

無造作にテーブルに置かれたのは、幼い頃『魔力操作』の練習に使っていた水晶だった。

「この魔道具には制限がかけられている。ヤーマン伯爵の血縁者の魔力を注ぐことで、鍵として起動する仕組みだ」

「先輩。言うことを聞く必要はありませんよ。第一、先輩の両親の財産なら、先輩がもらうのが道理でしょ」

「もちろん、君が望むなら財産を山分けしよう」

「話になりませんね！」

アレクサンドル殿下とエイダンが睨みあっている。

「体は大丈夫なの？」

マーサが心配そうに話しかけてきた。

「……知ってるの？」

「詳しくは知らないわ。ただ、貴女が大変な病気にかかってしまったとだけ、マリオから教えてもらったの」

「マリオ!?」

「私は彼の後援者なのよ」

マリオさんか……

劇のチケットはマリオさんからもらったと、ココが言っていたわね。なるほど、マリオさんを使って私をあそこに誘導したのね。

「誤解しないで。マリオは何も知らないわ。お世話になったアニータ先生に劇を見て楽しんでほしいと、お願いしただけなの。それに、貴女を傷つけるためにこんなことをしたんじゃないわ。貴女を助けたいの……」

「私を助ける？」

「私達とグスタフ王国に行きましょう。そうすれば、貴女を助けられるはずよ」

魔道国家グスタフ王国で、医療用の魔道具が作られているのは知っている。だが、あくまで道具開発しているだけで、医療レベルは我が国と変わらないはずだ。

医療大国ボルティモア王国なら可能性を感じるが、グスタフ王国でどう医療行為を行うのだ？

「クロノスディレイ。聞いたことはないか？」

クロノスディレイ。

グスタフ王国で論文が発表され、議論が白熱している研究だ。詳しくは知らないが、人体の時間経過を限りなく遅くし、老化現象を抑えることで未来まで眠ることができると新聞に書いてあった。

「私がその発案者だ」

「っ⁉」

思わずアレクサンドル殿下を凝視してしまった。

「まだネズミの実験に成功した程度だが、研究費用さえ確保できれば、人体実験も可能だ。クロノスディレイに用いる膨大なエネルギーを供給する魔石を大量購入できれば、お前を最大一万年眠らせてやれる。今の医療で治せないのなら、未来の医療に期待してみてはどうだ？」

先程の水晶を、再度私の前に置いた。

「私は論文の証明を、お前は未来を生きる権利を、取引しないか」

真剣な目だ。きっと、これは彼の本心で、誤魔化《ごまか》しや嘘はない。そう思えた。でも。

「お断りします」

「なっ！」

断られるとは思っていなかったのか、アレクサンドル殿下は狼狽している。

「生きられるかもしれないのに、そのチャンスを逃すのか⁉」

「そうです！　今の医療で治せないのなら、未来に期待しましょう。アニータ様、どうか生きることを諦めないでください！」

アレクサンドル殿下やマーサは必死に説得しようとしている。隣に座るエイダンも何か言いたげな視線を向けてくる。

未来の医療に期待する……。夢のような話だ。

成功すれば、私の病気は治るかもしれない。

しかし、それだけだ。

私の病気を治すほどに医療が発達した未来は、いつ来るだろうか。十年二十年では無理だ。もしかしたら百年後、二百年後、それよりもっと先かもしれない。

その頃の私の側には誰もいない……

目の前の二人も、エイダンも、……ルイスも。

「諦めているのではないわ。私には必要ないの。私は『今を生きたい』の。例え『今』が次の瞬間になくなったとしても」

まっすぐ見返すと、二人は悔しそうに口をつぐんだ。

「隠し財産についてですが、私は受け取るつもりはありません。ですが、殿下に渡すつもりもありません」

「⁉」

アレクサンドル殿下がこちらを睨んでくる。

「そのお金は違法奴隷や違法カジノ、五年前のスタンピードで苦しい思いをしている方の支援金として国に寄付します」

「ふざけるな！」

怒りが抑えられないのだろう。アレクサンドル殿下が立ち上がった。

「殿下。私と殿下は罪人です」

「っ！」

私の言葉に顔を引きつらせた。

自覚はあるようだ。

「罪は償わなければなりません。犠牲になった方達への贖罪《しょくざい》をするべきです」

沈黙。

「……償うつもりはない。それに、隠し財産は成功報酬として私が受け取る金だ。シャーリー・リバプール、リリー・クライメル、そしてフォンティーヌ・ヤーマンの無念を晴らすこと。それが私達の、ミュラー侯爵とヤーマン伯爵との契約だ」

フォンティーヌ・ヤーマン……

お父様の執務室に肖像画が飾ってあるのを見たことはあるが、どのような人物かは知らない。

『お父様の最愛の妹』と誰かに聞いたことがあるが、お父様の前で話題にすることは禁じられていた。

ゴーーーーー！！

突然、ものすごい音が響いた。

ドンッ!!　鈍い音だ。

窓が土煙でいっぱいになり、外が見えなくなった。庭に何かが落ちてきたのだろうか？

隣のエイダンが咄嗟《とっさ》に私に覆い被さった。

窓はガタガタとすごい音を立てるが、幸いにも割れることはなかった。

「安心しろ、強化ガラスなので、大砲が撃ちこまれても割れない。どうやら、ミュラー侯爵は成功したようだな」

「……何？」

思わず呟いた。

「謀反《むほん》を起こしたの」

黙っていたマーサが口を開いた。その表情はとても暗い。

「どう……して……。マーサ、私が知っているマーサはそんな、誰かが苦しむような計画に荷担するような人ではないわ」

「復讐よ。この国に対しての」

復讐？　冗談で言っているようには見えない。

マーサはゆっくりと抹茶を口にした。所作はとても美しいのに、どこか恐ろしい。

そう、瞳だ。乳母だった頃の彼女の瞳とは、まったく違う。

深い海を思わせた美しい黒い瞳は、今はまるで濁《にご》った泥水のように見える。

「母上」

「えぇ、計画通りお願い」

アレクサンドル殿下が部屋を出ていった。

「安心してください。アニータ様に危害を加える気はありません。言い方は悪いですが、貴女のことは『作戦のついで』でした。貴女が病で苦しんでいると知り、助けられるなら助けたい。そう思って急遽作戦を変更しただけです」

「え？」

「『今を生きたい』と言うアニータ様のお気持ちはわかりました。貴女らしいわ。もともと伯爵の隠し財産も、クロノスディレイにかかる費用と、貴女が目覚めた時に使えるようにしたかっただけでしたので、もう必要ありません。アニータ様の思うようにしてください。ただ……」

マーサは水晶を持ち上げて、直接私に渡した。

「国に寄付するのはやめてください。被害に遭った方の支援金にしたいのなら、アニータ様の手で、その方々に渡してください。この国は腐っていますから、貴女の崇高な心を横取りする輩ばかりですよ」

暗い笑顔だ。こんな顔、見たことなかった。何がマーサを変えてしまったの？

「マーサ……。何があったの？」

「……そうですね。準備が整うのに時間がありますから、少し昔話をしましょう」

そう言って、マーサは悲しげな微笑みを浮かべながら話しはじめた。

第十三章　マーサの過去

私、マサヨ・リンは武蔵国の大名の家に生まれた。

生家は貿易を生業としており、年の離れた兄三人、姉二人がいる。

家族にとても愛されていたが、みんな仕事があるので、ほとんどの時間を一人本を読んで過ごした。

ある時、西方の国の本に出会った。

運命に導かれるように、私は西方文化にのめりこみ、十五歳で特別にナイヴィーレル王国の貴族学園に留学することが許された。

はじめは異文化の野蛮人と罵られたが、クラスメイトのリリー・クライメル伯爵令嬢が声をかけてくれたことにより、環境は大きく変わったのだ。

彼女の紹介で、学園の花形と謳われる上級生、侯爵令嬢のデイジー様とシャーリー様、伯爵令嬢のフォンティーヌ様と親しくなった。

デイジー様は女子生徒長を務めていて、何かと教えてもらったわ。

おっとりしているようで、一本筋を通した芯が強い方だと思う。

シャーリー様は正義感が強く、少しお転婆だが所作はとても美しかった。学園で他の生徒に囲まれている時に、何度も助けてくれた恩人である。

フォンティーヌ様は物静かな方だが、お茶へのこだわりが強く、『抹茶』を振る舞うと、女の私ですら見とれてしまうほど愛らしく微笑む方だった。お茶をたててほしいとおねだりするお顔は、思わず悶《もだ》えたくなるほど可愛らしかった。

リリー様はとても好奇心が旺盛で、東方文化に興味を持っていた。東方の国を舞台にした『侍』や『忍者』の物語、『上様のお忍び世直し活劇』などについて、大興奮で「素晴らしい！」と話していたわ。

四人のお陰で、私はとても充実した日々を過ごすことができた。

今思い返しても、あの一年が人生で最高に幸せだったと思う。


幸せの終わりは、あの卒業パーティーがきっかけだった。

学園で開かれた上級生の卒業パーティーに、当時王太子だったヘンリー前国王と、バルバドス帝国から嫁いだばかりの王太子妃カトレア様が、国王陛下の代理で出席したのだ。

壇上で卒業祝いの祝辞を述べるお二人だが、ヘンリー王太子殿下は終始無表情で、どこか乾いた目をしていた。逆にカトレア様はヘンリー王太子殿下の腕に絡みつき、彼に熱い視線を送っていた。

「バルバドスの我儘姫は、羞恥心を祖国に忘れたのね。ヘンリー殿下も顔が死んでいらっしゃるわ」

隣に立っていたシャーリー様の呟きが聞こえた。

武蔵国でも公の場で、女性が殿方の腕に絡みつく行為は、はしたないと咎められる行為だ。西方文化は過激なのかと思ったが、カトレア様が異常なだけだとわかった。

「そう言ってやらないでくれ。王位を確固たるものにするには、バルバドスの姫君を娶るのが一番手っ取り早いからな。しばらく我慢すれば、ヘンリー殿下に相手にされない鬱憤《うっぷん》がたまって、妃殿下から離婚を言い出す。それをカードに帝国との有利な交渉をもぎ取るさ」

お二人の婚姻を進めたミュラー侯爵の声だ。

パーティーがはじまる前に、控え室で四人の婚約者や家族を紹介されていた。

シャーリー様の婚約者、ハーバード・ミュラー侯爵。一見冷たそうな雰囲気だが、シャーリー様をエスコートする表情はとても柔らかい。お互いに思いあっているのがわかる。

デイジー様の婚約者、ガーランド・ヴィッセル公爵令息様。まるで熊のようなガッチリした体型で、現在は騎士団に所属しているそうだ。粗暴な振る舞いが目につくが、デイジー様にやんわり叱られる姿は大型犬の様だった。

フォンティーヌ様に婚約者はおらず、兄のヤーマン伯爵が来ていた。仲睦まじい兄妹に見えた。

リリー様の婚約者は、ナサニエル・マーヴィル侯爵令息。細身でとても美しい人だと思ったが、女の扱いに慣れているようだった。だが、視界の端でリリー様の動向を追っているようにも見受けられる。

「リリーに嫉妬してほしいから手当たり次第女を口説くのよ。でも天然なリリーには伝わっていないの。そろそろ方針を変えればいいのに、バカなのよね」

シャーリー様の解説は辛辣だったが、二人のことを心配しているように見えた。

◇◇◇

パーティーの中盤あたりか、ヘンリー王太子殿下がシャーリー様といる時に話しかけてきた。

一通り挨拶回りが終わったので、ミュラー侯爵様やヴィッセル公爵令息様達と合流したいらしいが、見つけられないそうだ。

「きっと煙草室よ。たぶん、小さなことで喧嘩《けんか》しているわ。仲がいいのか悪いのかわからないわよね」

「まったくだ。仲裁する身になってほしいよ。ところで、そちらのレディは噂の留学生だな」

ヘンリー王太子殿下に話しかけられた。どんな美女も虜にしてしまいそうな、金髪碧眼の美しい男性だ。

だが、私は不快に思った。彼の視線が、まるで蛇が巻きついてくるような嫌なものだったからだ。

「王国の若き太陽にご挨拶申し上げます。私は武蔵国より来ましたマサヨ・リンと申します。留学を許可していただき、誠にありがとうございました。不肖の身ではございますが、多くを学び、精一杯精進する所存です」

デイジー様に教えていただいた形式的な挨拶と礼を披露した。我ながらよくできたと思う。

「そんな堅苦しく挨拶しなくても大丈夫だ。私はヘンリー・マッカル・ナイヴィーレルだ。ヘンリーと呼んでほしい」

「かしこまりました、ヘンリー王太子殿下」

「私もマサヨと呼ばせてもらって構わないか？」

「ヘンリー王太子殿下の御心のままに」

初対面で名前呼びを乞われるとは思わず、苦笑いを浮かべてしまった。

「一曲どうだろう？」

突然手を差し出された。さすがに、王太子の誘いを断ることができず「光栄です」と、表情を取り繕いながらダンスの相手をした。目の端に、こちらを睨んでいるカトレア王太子妃が見えた。

厄介なことに巻きこまれた……

「ご家族はお元気にしているか？」

「え？」

ダンスの最中、突然家族のことを聞かれた。

ヘンリー王太子殿下は私が赤子の頃、水難事故で約一ヶ月間リン家にいらっしゃったそうだ。

明言はされなかったが、世継ぎ問題で命を狙われていたところを両親が助け、迎えの船が来るまで匿っていたらしい。

「君は、アスカ殿に似ているな」

アスカは私の母の名前だ。

「アスカ殿はとても愛情深い方だったな。他国の者であっても、自身の子のように接してくれた。頭を撫でられたり、抱きしめられたりと、とても新鮮な気持ちになったことを今でも思い出すよ。幼心にも、君の家族のような家庭が欲しいと渇望したほどだ」

「もったいないお言葉です」

ヘンリー王太子殿下は昔を懐かしんでいるように見えるが、こちらを見る目に違和感を覚える。

「そうだ、お茶をたてることはできるか？　アスカ殿にお茶をご馳走してもらった時、感銘を受けたのだ。もう一度あの味を堪能したい」

「できますが……私はまだ未熟で、母のようには……」

「構わない。少なくとも、私がたてたお茶よりも美味しいのは確かだと思う」

「まぁ、王太子殿下がお茶を？」

「あぁ、道具を取り寄せて、見よう見まねでな。うまくできた試しがない。よければ教えてほしい」

「誰かに教授するなど、私には――」

「目の前でたててくれるだけでもいい。お願いだ」

王太子殿下にそう言われると断れない。

「……わかりました。お茶をたてるだけなら」

「ありがとう、マサヨ」

満面の笑みを向けられた。その顔は少年のような愛らしさがあった。

ちょうど曲が終わると、カトレア王太子妃が現れた。顔は笑顔なのに、雰囲気がピリピリしている。

「ヘンリー様。とても楽しそうでしたわね」

ヘンリー王太子殿下から先程の笑顔は消え、無表情になった。

「東方文化の話をしていただけだ」

「東方文化っ」

カトレア王太子妃が鼻で笑ってきた。

「下着を着けない文化でしたわね」

『野蛮人』とでも言いたいような視線だ。だが、そんなことはこの一年で何度も言われているのだ。

「さすが王太子妃様、博識でございます。昔の東方文化を御存じなのですね。現在は貿易も盛んですから、色取り取りの下着が出回っておりますわ」

——『お前の情報は古い。時代が読めてないぞ』。

切り返しは簡単だ。

「っ！」

案の定、顔を赤くした。

ざまぁみろ。

王太子妃と喧嘩《けんか》するのはまずいとわかっているが、やられたらやり返す。売られた喧嘩《けんか》は買っちゃう性分なのよね。

その後、シャーリー様が助け船を出してくれたので、私はその場を辞した。

◇◇◇

案の定、カトレア王太子妃から嫌がらせを受けた。教科書やノートがなくなったり、後をつけ回されたり。その度にリリー様や、シャーリー様やデイジー様と交流のあった方々が守ってくださった。

卒業し、結婚準備で忙しいお二人なのに、本当にありがたかった。

フォンティーヌ様は手助けできないことに心を痛めてくださったが、気分転換にとお勧めの紅茶やお菓子を送ってくださった。

カトレア王太子妃の攻撃をかわしているうちに、彼女が妊娠した。妊娠五ヶ月だと報道で知った。安定期に入るまで情報を伏せていたようだ。

逆子らしく、母体に危険があるかもしれないので、彼女はバルバドス帝国に一時帰国し、出産後戻ってくるらしい。

しばらくは安全だと胸を撫で下ろしていた頃、ヘンリー王太子殿下からお茶会のお誘いを受けた。

カトレア王太子妃がいないことで、油断していた。

最も警戒しなくてはいけない相手に、私は隙を見せてしまった。

お茶会に招待された日、私はヘンリー王太子殿下に襲われたのだ。

◇◇◇

お茶会の途中からの記憶はない。

気がついたらベッドの上で、あられもない姿でヘンリー王太子殿下に組み敷かれ、純潔を奪われていた。朦朧《もうろう》とする意識の中で、彼に「アスカ」と言われた気がした。

「武蔵国には君を側室にすると連絡しておいた。帝は話が早くて助かった。すぐにお祝いの言葉を贈られたよ」

翌朝、身動き一つできない私に、彼は上機嫌で告げてきた。

武蔵国は一夫一妻が主流だ。両親がお互いを尊敬し、支えあっている姿を見てきた私には、自分が側室になるなど想像もつかない。嫌悪感でいっぱいになった。

「アスカ殿に早く挨拶に行きたいな。私のことを覚えてくださってるだろうか。また、あの頃のように迎えてくれるだろうか。クククッ、楽しみだ」

絶望した。そして、卒業パーティーで感じた不快感を理解した。

この男は私に母の面影を重ねていたのだ。

私を抱いたのも、側室にするのも、母の代替品にするためだ。

「い……や……」

「大切にするよ。私達でアスカ殿の家族のような、愛情溢れる素晴らしい家庭を築こう」

悪魔が微笑んでいる。

こんな男とこれから共に歩いて行かなければならないなんて、耐えられない。

「この結婚で、帝はリン家に多大な便宜を図ると約束してくれたよ」

それは、私にはもう帰るところがないと暗に告げていた。強引に帰ってもすぐに連れ戻されるだろう。また、私がごねればリン家が不利益を被ってしまう。家族を人質に取られたようなものだ。

「側室になってくれるね、マサヨ」

自分の名前なのに「アスカ」と呼ばれている気がした。

嫌だ。

嫌だ、嫌だ、嫌だ……

壮絶な嫌悪感が体を駆け巡る。どうにか切り抜けたい。

ふと、カトレア王太子妃の顔と、授業で習ったこの国の制度が頭によぎった。

貴族が側室をもうける場合、この国では正妻の承認が必要だ。

「……カトレア王太子妃様の承認が必要です」

彼の顔が一瞬曇《くも》った。しかし、すぐに微笑んだ。

「よく勉強しているな」

「彼女は承認しません」

今まで散々嫌がらせしてきた女だ。

絶対自分を王室に入れる許可は出さないはずだと、変な信頼があった。

「子供ができたら、正妻が拒否しても君は側室として認められる。まぁ、貴族議会での承認が必要なので、多少時間はかかるがな」

悪魔がのしかかってきた。逃げたいのに、体が言うことをきかない。

「時間はたっぷりある。毎日愛してあげるよ」

「やめっ……」

「何も心配いらない。君は私に委ねればいいのだ」

その後のことは……思い出したくもない。

◇◇◇

昼夜を問わず体を押し開かれ、軟禁生活二ケ月目に妊娠が発覚した。

「これでアスカ殿の息子になれる」と、頬を緩めて話す男が気持ち悪くて仕方ない。

軟禁生活は私の精神をすり減らした。


臨月になった頃、カトレア王太子妃が出産を終えて帰ってきた。案の定、彼女は烈火の如く怒り狂い、私を暗殺しようと計画を立てはじめたのだ。

そこで、私は当時宮廷医師局長を務めていたシャーリー様のお父様に預けられた。

軟禁生活で精神を磨耗していた私は衰弱していたらしく、危険なお産現場だったらしい。

「マサヨ！　しっかり、マサヨ！」

シャーリー様が何度も呼んでくれたことしか、記憶はない。

終始、死にたい……と呟いていたそうだ。

幸か不幸か、私は無事出産を終えた。

しかし、精神はズタズタで笑うこともなかったそうだ。

そこで、シャーリー様が私を助けるために、死を装って療養することを提案してくれた。

ヤーマン伯爵の奥様が妊娠したので乳母を探していると、フォンティーヌ様から連絡もあったので、私は『マーサ』と名前を変えてヤーマン伯爵領に向かった。

後から聞いた話だが、カトレア王太子妃が私を狙ってくることを想定して、あらかじめ私が王城に向かう日時や馬車の経路の情報を流しておいたそうだ。あとは私に似せた死体を馬車に乗せ、襲撃させたらしい。

見つかった死体は首を跳ねられ、頭を潰されていたそうだ。

赤子だったアレクサンドルは、保護と言う名目で、シャーリー様の叔母が嫁いだ魔道国家グスタフ王国に預けられた。落ち着いたら迎えに行く手筈だった。

ヘンリー王太子殿下が横やりを入れると思っていたが、アレクサンドルが私に似ていなかったことから、興味を向けられなかったらしい。

私を失ったヘンリー王太子殿下の焦燥ぶりはすさまじかったと、シャーリー様の手紙に書いてあった。

あの男から逃げられた。

その事実に、私の精神は回復していった。

しかし、ヤーマン伯爵領に来てからすぐ、シャーリー様とフォンティーヌ様、そしてリリーが王城で流行り病にかかり亡くなったとの訃報が入った。

シャーリー様のご実家でも、流行り病で使用人含めて全員亡くなったそうだ。

お茶会の会場だった離宮に勤めていた使用人も全員亡くなり、ただ一人、カトレア王太子妃だけが一命を取り留めたらしい。

直感だが、ヘンリー王太子殿下が流行り病を装って、私に関係した人物を殺しているのではないかと思った。

私が逃げたから、この惨劇は起こったのだろうか。

もしそうなら……私は……

第十四章　私の後輩は毒舌だ

マーサが淡々と話す内容が壮絶すぎて、頭が理解を拒否する。

だが、マーサの告白は終わらない。

ミュラー侯爵達は事件の真相を探るために悪事を重ねたそうだ。そして、シャーリー様達がカトレア王太子妃のお茶会に呼ばれ、そこでバルバドス帝国の大臣達に凌辱《りょうじょく》されて殺されたことを知った。

当時王国は食料不足で餓死者が出ていたそうだ。ヘンリー前国王はシャーリー様達を差し出す代わりにバルバドスに膨大な食料支援を要求したそうだ。

また、『流行り病』を装って、離宮に勤めていた使用人全員を毒殺した。目的はカトレア王太子妃の手駒を排除し、彼女を孤立させるためだろう。その結果、シャーリー様達の事件後、彼女は必要最低限の公式行事に少し顔を出すだけになったらしい。

シャーリー様達の事件から五年後。エイダンの父親ナサニエル様が、奇跡的に生き残った使用人を捜しだすことに成功した。

その使用人が、エイダンの母親だった。

彼女は最下級の下働きで、一部の使用人からいじめられていたらしい。

使用人達は『流行り病に効く薬』と偽った毒を飲まされていたが、彼女は薬を奪われて飲んでいなかった。

その日の夜、離宮内では毒で苦しむ使用人達の声がそこかしこで響いていたそうだ。

物陰に隠れ、恐怖に震えていると、半狂乱のカトレア王太子妃の髪を掴むヘンリー前国王を目撃したそうだ。使用人達の苦しむ姿をカトレア王太子妃に見せつけ、歪《いびつ》に笑っていたらしい。

真実を知ったナサニエル様は一人バルバドス帝国に行き、大臣一人を闇討ちして殺された。

ミュラー侯爵達は証拠を見つけようとしたが、ヘンリー前国王によって証拠も証人もすべて握り潰され、ヘンリー前国王を糾弾することは叶わなかった。

そしてシャーリー様達の事件から十年後に、ヘンリー前国王とカトレア王太子妃は病により他界。真相は闇の中に葬られた。

ヘンリー前国王の没後、彼の弟のカリオン殿下が即位したそうだ。

しかし……ミュラー侯爵達は止まれなかった。

やるせない気持ち、憎しみ、悲しみ……

断罪するべき人々はもういないのに、事件の証拠を追い求めた。

憎しみの矛先は国に向かった。ミュラー侯爵は王家を乗っ取ってバルバドス帝国と戦争を起こし、両国を共倒れさせてやると言っていたそうだ。だが、自分の命が長くはもたないと知り、準備が整っていない中、五年前のスタンピードを強行したのだ。

王の寝室に隠された宝箱は、鍵で開けなければ中身が燃えてしまう特殊な仕掛けがされていた。

鍵はマーサが軟禁されていた部屋の隠し部屋にあったそうだ。

マーサが使っていたクシや手鏡、寝間着、ドレス、制服、下着が貴重な展示品のように飾られ、壁一面にマーサの絵が飾られていたらしい。

想像するだけで気持ち悪い……

「先程の音は、ミュラー侯爵が連絡用に持っていった魔道兵士が飛んできた音よ。おそらく、事件の証拠を持たせているはず。あとは、私達がその証拠を公表しバルバドス帝国に非難が集まるように誘導するだけ。内乱、もしくはバルバドス帝国との戦争を勃発させれば作戦は終了。これで……彼女達の無念を晴らしてあげられるわ」

涼しい顔をしてお茶を飲んでいるが、その瞳は笑っていない。

本気だとわかる。

おそらく、その計画を遂行する手立ても整っているのだろう。

なんとも壮大な計画だ。

「……本当にバカらしい話ですね」

隣のエイダンが口を開いた。

「寂しい大人の、自己満足な心中劇ですか。くだらなすぎて欠伸《あくび》が出ますよ」

「何ですって……」

マーサの目がギロリとエイダンを見た。

「被害にあった令嬢に同情はします。ですが、それは二十五年も前のことでしょう。正直、古すぎて今さら感しかないですよ。その復讐劇が流行ったのはせいぜい前国王が死ぬ前まででしょう」

小バカにした物言いだ。

「前国王に死に逃げされたアンタ達の負けでしょう。負けたのに往生際悪く足掻くなんて、滑稽ですね」

「愚弄するな‼」

マーサが鬼の形相で立ち上がった。

「お前に、何がわかる！　何にも知らないくせに！」

「えぇ、アンタ達がバカで、自分勝手で、悲劇の主人公になりたい、頭が花畑な集団なことしか知りませんね」

エイダン……。ものすごく毒舌ね。

「そもそも、何で内乱を起こすんですか？　復讐だけなら城に爆弾でも仕込んで、木っ端微塵にすればいいでしょう。というか、誰に復讐するんですか？　国王？　王家の人間すべて？　国そのものだって言うなら、国民全員殺したいんですか？　それこそ、関係のない人を大量虐殺した前国王と同じですね」

マーサが言葉に詰まったのがわかった。

「アンタ達がやっていることは、犠牲になった令嬢達をダシにした、無差別な八つ当たりに過ぎませんよ。本当にくだらない」

「彼女達の無念を晴らしたいだけよ！　彼女達は私のために……」

「いい大人が、悲劇の主人公を気取るのは止めてください。ミュラー侯爵の送ってきた証拠を使って内乱を起こす？　非道な行いをする王家を許すな？　それで、その後はどうするんです？　ナイヴィーレル王国は滅びました、めでたしめでたし。バカですか？　これは劇じゃない。内乱が起きた後、誰が収拾をつけるんですか？　アレクサンドル殿下だって前国王の血を引いているんだから、内乱の粛正対象でしょう。本当に無責任な計画ですね」

「正直、お前の言う通りさ。無差別な八つ当たり、悲劇の主人公気取り、大いに結構。こんなのは単なる憂さ晴らしに過ぎない。だがな、そうでもしなきゃ、みんな生きられなかったんだよ」

アレクサンドル殿下が帰ってきた。

大きな宝箱を抱えている。

「母上。これが証拠です」

マーサはアレクサンドル殿下に駆け寄り、震える手で宝箱に触った。

「やっと……」

泣いているのだろう。声と肩が震えている。

マーサの気持ちが、わからないではない。

自分を助けたせいで、大切な友人が女性としての尊厳と命を奪われたら、罪悪感で押し潰されてしまうかもしれない。

しかも、亡くなった彼女達のために家族や元婚約者達が、死に物狂いで復讐を、断罪を望んでいたのなら、止めることも止まることもできなかったのだろう。

二十五年経とうとも、罪に問うべき相手がいなくても……

でも、こんな悲しいことを彼女達は望んでいたのだろうか？

愛する人達が、自分のために悪事に手を染め、関係ない人達を不幸にしながら壊れていくことを。

私は……望まないわ。

「私と取引しましょう」

私はそう提案した。

「その宝箱の中身と、私の両親が残した財産を交換して」

「……この証拠を燃やすのか？」

冷静なアレクサンドル殿下の声だ。

「いいえ。それをカードに王家と交渉します」

マーサ達がやろうとしていることは、無意味で、誰も救われない悲しい行為だ。しかし、彼女は止まれない。

「「え？」」

悲しさが、悔しさが、罪悪感が彼女を駆り立てている。

でもそんなこと、彼女達は望んでないだろう。

私なら望まない。

「王家に謝罪させます。シャーリー様、フォンティーヌ様、リリー様の墓前で」

「握り潰されるのがオチだ。それなら、我々の計画通り公に発表したほうがましだ」

「彼女達は事件が公になることを望んでいるのですか？」

私の問いかけに、マーサは肩を強張らせた。

「昔、酔った男達に襲われた少女を治療したことがあります。犯人は城に仕える文官達で、現行犯で逮捕されました。少女の父親は怒って事件を公表し、彼らを社会的に抹殺しようとしましたが、少女がそれを拒んだんです。『恥ずかしい』、『犯人が憎いけど、公表したら私が強姦された女だってみんなに知られてしまう。それが怖い』と……。まぁ、犯人達は仕事を失い、王都追放になったみたいですけどね」

マーサがグッと拳を握ったのがわかった。

「シャーリー様達の事件を公表するのなら、彼女達に何があったのか、どんなことをされたのか、すべてつまびらかにされることになります。彼女達がそれを望んでいると思いますか？」

「……だからと言って、何もしないのは違うわ」

「えぇ。だから、王家に謝罪させるのです。非公式であったとしても、彼女達の墓前で土下座させましょう。そのために、その証拠が必要なんです」

マーサが瞳を固く閉じた。その頬を涙で濡らしている。

彼女はわかっていたのだ。

この行為は無意味で、罪深い。しかし感情が、復讐を止められなかった。

でも、気が付いたのだろう。

彼女達が生きていたら、何を望むのか。


「生きて」


マーサは膝から崩れ落ちた。

「私は、わ、たし、は……、生き、てて……」

「もちろんよ。ねぇ、マーサ。私思うの。シャーリー様は、身の危険を犯しても貴女を助けようと考えていたのではないかしら」

「え？」

「死を偽装するなんて、危ない賭けよ。それが前国王に執着されていた貴女なら、なおさら。前王妃に罪を擦りつけて矛先を変えたとしても、何かしらの攻撃をされると考えていたはず。危険を犯してでも、貴女を守りたかったんじゃない？　フォンティーヌ様やリリー様は、一人で敵地に行くシャーリー様の助けになるために、城に同行したのではないかしら」

マーサの瞳が大きく見開き、こちらを見ている。いや、こちらを見ているのではなく、思い出の彼女達に思いを馳せているのだろう。

「あっ……あっ……」

「マーサが彼女達を大切に思うように、彼女達も貴女を大切に思っていたのでしょう。大切な人に生きて、幸せになってほしかったのでしょう？　私なら、そう願うわ」

「うっ……あっ……あぁぁぁぁぁぁあ!!」

マーサは顔を押さえ、大声を上げて泣き出した。

◇◇◇

取り乱すマーサを落ち着かせたいと、アレクサンドル殿下は彼女を連れて部屋を出ていった。

また、取引の件は夕食の時に話しあいたいとも言われた。

アレクサンドル殿下は、マーサが私の提案を受け入れるならそれに従うらしい。彼自身は復讐などどうでもよくて、ただ、マーサと魔道具研究をしながら静かに暮らすことが望みだそうだ。


長い一日だ……

「先輩、少し寝てください」

ベッドに強制的に押しこめられてしまった。

「はいはい。あっ、でも薬を飲まないと。もうそろそろ切れるわ」

「そうですね。今準備します」

ベッドに横になると、体の重さを感じる。

緊張の糸が切れたと言えばいいのかしらね。どっと疲れが押し寄せてきた。

「こんなことに巻きこんでごめんね」

「……先輩のせいじゃないですよ。それに、まったくの無関係ってわけじゃなかった」

「あ……」

ナサニエル・マーヴィル。

エイダンの父親がこの事件に関係していたとは……世間は狭いわね。

でも、知らなくていい真実だったのではないだろうか。ナサニエル様は事件の情報を聞き出すために、エイダンの母親と関係を持った。

子供を作ることで、母親の信頼を得ようとしたのか。たまたま失敗して子供を授かったのか。

……知りたくなかったわよね。

薬と水を渡された。

「何とも思っていませんよ。だから、そんな不安そうな顔しないでください」

エイダンはベッド脇の椅子に腰かけた。

「どんな事情があったにしろ、クズ男が女を捨てて逃げた事実は変わらない。もともと最低なクズ野郎だと思っていましたから、『やっぱりクズだったな』とだけ」

「そっ、そう……」

淡々と話されて、戸惑ってしまう。

「どんな過去があったとしても、俺は今、幸せですから。むしろ、これからも幸せであり続けるのが、クズ達への復讐ですね。さっ、薬を飲んでください」

薬を飲むと、コップを取られ、布団をかけられた。

エイダンの表情に虚勢は感じられなかった。むしろ、清々しさのようなものを感じる。

「そうね……。幸せであることが、一番の供養で、一番の復讐ね。素敵な考え方だと思うわ」

「……今の幸せは、先輩が早く寝てくれることですよ」

「はいはい。エイダン先生は心配性なんだから」

「先輩に危機感がないだけです」

「ふふ、そうね。やることができちゃったから、まだ死ねないわね」

「っ！　……冗談が過ぎますよ」

軽はずみな言葉が出てしまった。

エイダンの辛そうな顔に、胸が痛む。

「ごめんね」

「……早く寝てください」

「……何か……返せたらいいんだけど、ごめんね」

エイダンには頼りっぱなしで申し訳ない……

親が隠していた財産を一部彼に渡すことも考えたが、どんな経緯で集められた金かわからない以上、余計なトラブルに巻きこんでしまいそうで怖い。

「……恩返し、ですから」

そっぽを向いて、彼はポツリと言った。

「何か返そうなんて、思わないでください」

「エイダン？」

「俺が幼い頃、餓死寸前で町で助けを求めた話、覚えています？」

「うん。親切な人に助けられたんでしょ？」

「その親切な人が、先輩だったんですよ」

「え!?」

「薄汚れていた俺を診療所に連れていって、治療費はもちろん、一ヶ月はまともに食べられるような額を支払ってくれましたよね」

えっと……。そんなこと……した……かな……？

「銀貨三枚、俺のポケットに忍ばせましたよね」

銀貨三枚は、子供の頃のお小遣いの金額だ。安いパンなら三ヶ月分買えるわね。

「俺、その時髪の毛が肩甲骨辺りまであったんです」

「あっ!!」

思い出した！　確かに子供を助けたわ。

本当は屋敷に連れていきたかったけど、お母様が嫌がったのだ。それで仕方なく診療所に運んで治療費と、お小遣いをこっそり渡したのだった。

女の子だと思っていたわ……

「そういうことなんで、俺への気遣いは無用です。むしろ頼られて嬉しいですよ」

照れ隠しだろうが、腕を組んでそっぽを向いている。

本当に可愛いわね。

第十五章　ルイスの隠密行動

元ヤーマン伯爵領の領主の屋敷は、書面上では放棄されている。

しかし、潜入してみると綺麗に掃除されている。明らかに誰か住んでいるとわかる。

やはりここにアニータとアレクサンドル殿下がいる。

「っ！」

廊下を歩く足音がする。息を潜めその人物を確認すると、水差しを持ったエイダンだった。

他に人の気配はない。

俺はエイダンの背後につき、彼の口を押さえた。

「っ!!」

「声を出すな」

はじめは驚き怯えていたエイダンだったが、俺だとわかると安心した顔をした。

「アニータは無事か？」

彼はゆっくりと頷いた。

「手を離すから、大声は出すなよ」

再度頷いたので、ゆっくりと手を離した。

「驚かせてすまなかった」

「どうやってここに？」

「詳しいことは後だ。アニータの居場所と敵の数を教えてくれ」

「敵……なんでしょうか、数は二人です。一人はアレクサンドル殿下。もう一人は彼の母親で、先輩はマーサと呼んでいました」

「まっ、マーサ!?」

それは乳母のマーサ殿なのか!?

エイダンはマーサ殿の過去やその目的を、簡単に話してくれた。

また、この屋敷に配置されている魔道兵士の起動回路は切ってあるらしい。でなければ、エイダンやアニータに襲いかかってしまうとアレクサンドル殿下に説明されたそうだ。

魔道兵士が動かないのであれば、待機している第一騎士団の精鋭を集めた特務部隊に知らせても問題ないな。

俺は特殊な水晶に知り得た情報を吹きこみ、窓から投げた。水晶は不思議な軌道を描きながら、部隊に向かって飛んでいった。

「よし。これですぐに救援が来る。アニータのところに案内してくれ」

「わかりました。ですが、先輩は寝ているので、救援が来るまでは起こさないでください。体力を温存しないと命に関わります」

命に関わると言われ、心臓が嫌な音を立てた。

「……わかった」


エイダンに案内されたのは、かつてアニータが使っていた部屋だった。

懐かしい……

令嬢時代の彼女は勉強熱心で、よく夜遅くまで本を読んでいた。そのため、朝が弱くて、何度もこのドアをノックしたものだ。

侍女の『起きてください！　お嬢様！』という大きな声が聞こえてきそうだな。

エイダンがドアに手をかけた瞬間。

ドサッ！

物音がした。

慌てて部屋に入ると、アニータがベッドから落ちて、胸を押さえている。

「先輩!!」

「アニータ！」

顔色が真っ青だ。

エイダンが慌てて手首の脈を測った。

「くそっ！　脈が弱い」

彼はアニータをベッドに戻し、心臓に向けて治療魔法を施しだした。

「先輩、聞こえますか？　先輩!?」

「う……ん」

アニータは苦しげに声を漏らした。俺はただ呆然と立っていることしかできない。

「血圧を上げなければ……。くそっ、鞄があれば……」

エイダンの呟きに、俺は弾かれるよう背負っていた荷物を下ろした。

「ココ嬢から預かった黒い鞄ならあるぞっ！」

「っ!!　ここに持ってきて中身を見せてくれ！　今、手が離せない！」

背負っていた荷物から黒い鞄を取り出し、中身が見えるように開けた。

「その青いラインの点滴を取ってくれ。あと、折り畳み点滴台の準備。ケースの中に針が入っているから、それと、固定するテープ、そう、その白い奴だ。先輩、点滴を打つので一旦治療魔法を止めます。少しの間――」

「点滴じゃ間に合わんぞ？」

少し高めの声が割って入った。

そうだ、この人がいたんだ。

「だ……れ？」

エイダンは突然のことに驚いている。

「あぁ、ワシはエルという。怪しいものではないぞ。単なる医療研究者じゃ」

研究者『エル』。

医療業界では伝説の存在らしい。

透き通るような金髪にグリーンの瞳を持つ、怖いくらい整った顔をしている、十歳ぐらいの女の子だ。

その正体は伝説の種族『エルフ』だ。

しゃべり方がジジ臭い、五百歳を超える少女とは、なんとも不思議な存在だ。

彼女はミュラー侯爵が王城を襲撃した時、ちょうどナイヴィーレル国王に謁見していたのだった。

クロノスディレイの論文発表者、アレクサンドル殿下に会いたいと、交渉していたそうだ。

謀反《むほん》によって、アレクサンドル殿下が死亡、もしくは逃亡すると話が聞けないからと、同行を申し出たのだった。彼女は最新鋭の飛行船を所持しており、俺も第一騎士団の特務部隊も同乗させてもらい、ここまで来た。

「なるほど……。聞いていたよりも症状が進んでいるな。仕方ない。まずは延命治療をする。その間に状況を確認し、治療法を検討する」

アニータの様子を素早く確認したエル殿は、そう言ってポケットから魔石を取り出し、アニータの心臓の上に置いた。

青白い光をまとった魔石は浮いている。

エル殿の説明では、魔石の力で血液の循環を促しているらしい。

エイダンとエル殿が医療用語を使って会話をはじめた。

俺は邪魔にならないよう、アニータが横たわるベッドの端に座り、彼女の手を握った。

彼女の手は、こんなに細かっただろうか。

「っ！」

時折、細い手からは想像できないような力で俺の手を握ってくる。

痛みからだろう、顔を辛そうに歪めて……

あぁ……。どうしてアニータばかりこんな辛い思いをしているんだ。

「先輩は痛み止めを常時服用していました。胃炎だと思っていたため発見が遅れたそうです」

「胃がもともと悪かったのか？」

「そのようには聞いてないです。ただ、精神的な心労が原因だと思っていたと」

「うむ……」

二人の会話が耳に入った。

精神的な心労？　そのために発見が遅れた？　それって……俺のせいだよな。

背筋が冷える。

不意に、あの時のアニータの言葉を思い出した。

『ご親切に教えてくれる人が診療所に来るのよ。いいえ、自慢しに来るのかしらね。私がその時なんて言うと思う？　「主人を慰めてくださり、ありがとうございます」よ。何度口にしたか、貴方はわからないでしょ？』

彼女はいつから知っていたんだ……？

ミハイルはいつから……

あんな、あんな奴と関わったからアニータに知られたんだ。あんな……

いや違うだろう！

そんな話じゃない。しっかりと病気のことを打ち明け、彼女に相談していればよかったんだ。もっと彼女と話しあえばよかったんだ。それなのに、バカなプライドが邪魔をして肝心なことを話せなかった。

もしも俺達の間に、何でも話しあえる信頼があれば、彼女をここまで苦しめることもなかったはずだ。ちゃんと、病気のことを打ち明けてくれたはずだ。

こんな悪くなる前に、対処できたはずなんだ。

くそ……。くそっ、くそっ！

俺はただ、アニータを守りたかった。

傷つけたくなかった。

笑っていてほしかった。

幸せにしたかったんだ。

それなのに……


「先輩」

その声にはっとした。

エイダンとエル殿が難しい顔をして、アニータに話しかけている。彼の手には赤く光る魔石があった。その魔石はクロノスディレイで用いる魔法術式が組みこまれているらしい。肉体の時間経過を可能な限り遅くする作用があると説明された。

ただ……それは根本的な治療ではなく、単なる時間稼ぎで……アニータは助からない。それだけがわかった。

「ルイ……ス……？」

エイダンがアニータの胸の上で青白く光る魔石を赤く光る魔石と取り換えると、苦しんでいたアニータが落ち着き、話せるようになった。

「こりゃたまげた。この状態で声が出せるのか」

「あな……た……は？」

「医療研究者のエルだ。体はどうだ、動かせるか？」

アニータの目が大きく開いた。

しばらくの間。

「いい……え。お会い……できて……嬉しい、です……。わ……たし、アニー、タと……」

「知っておる。そなたの手紙を読んだぞ。会いたかった」

エル殿が言うには、アニータはエル殿の研究室宛に手紙を出していたようだ。

内容は臓器移植についてらしい。

臓器移植がなぜ失敗するのか、いくつか仮説を手紙に綴ったそうだ。

『他人の臓器を拒絶するのは、他者の臓器だと認識し、拒絶・排除する手段が体内にあるのではないか』

『親子はなぜ似たような顔・体格になるのか。また、逆に親に似てない子がなぜ生まれるのか。人が成形される際に、親から受け継がれるものがあるのではないか』

『臓器移植する場合、同じ人物の臓器であれば成功するのか。もしくは他人の臓器であると認識・拒絶・排除する手段を、誤魔化《ごまか》すことができれば成功するのではないか』

「実に素晴らしい仮説だ！　そこで、ワシは『人を人として形成するもの』を研究することにしたんじゃ！　その道具を揃えようと魔道国家グスタフ王国に赴いて、そこで『クロノスディレイ』という論文に出会ったのだ！」

エル殿は矢継ぎ早に言葉を続けて、こちらが口を挟む隙がない。

アニータも苦笑いを浮かべている。

「エ……イダ……、マー、サ達の件、ヴィ、オレット、様に……伝えて。きっと力に……なってくれる、わ」

「本当、お人好しすぎますよ……」

エイダンの声が震えていた。

「ルイ、ス……。エル、様と、エイダン、に話が……ある、から。席を……外して」

『俺には言えないことなのか？』そう出かかって、言葉を飲みこんだ。

彼女を苦しめてきた俺に、彼女の最後の言葉を聞く資格はない。

当たり前だ。

それなのに、ショックを受けてしまう自分は、烏滸《おこ》がましい。これが自分の選択の結果なのに。

「わかった……」

俺はのろのろと部屋を出た。

扉を閉める間際――

「私が死んだら――」

アニータの声を聞いた。

アニータが死んだら、俺も死ぬ。

彼女がいなければ、この魂に価値などないのだから。

第十六章　私とルイス

頭がぼんやりする。

今は夜中で、部屋にはルイスだけだ。

ベッド脇の椅子に座り、手を握ってくれている。

先程まで、マーサが泣きながら謝ってきた。むしろ最後に会えて嬉しかったと伝えると、さらに泣かせてしまったわ。

マーサとアレクサンドル殿下、それからエイダンとエル様は、白い鎧《よろい》を着た騎士達と出ていってしまった。

確か、王族であるアレクサンドル殿下を捕縛するには、身分の関係上、第一騎士団の騎士を随行する決まりがあったわね。

手荒なことはされないだろうが、心配だわ。でも、エイダンやエル様も一緒だから、うまく事情を説明してくれるでしょう。

それから、隠し財産の扉も無事に開けられたそうだ。

どんな財産で、いくらあるのかもわからないが、謀反《むほん》の首謀者であるマーサとアレクサンドル殿下の命を救う切り札になればいいな……

きっと、エイダンがヴィオレット様に取り成してくれるだろうから、信じよう。


本当、エイダンには頼ってばかりだ。

申し訳ない。

謝ると『謝らないでください』とそっぽを向かれてしまうわね。本当に可愛いんだから。

不意に『先生、ごめんねじゃないですよ。そういう時は、ありがとうですよ』というココの言葉を思い出した。

えぇ、そうね。

明日エイダンに会ったら『ありがとう』って言いたいな。

ココにも、所長にも。診療所の仲間や、患者さん。レベッカやバレット、屋敷のみんな。

全員に、ありがとうを伝えたいな……

死ぬまでにやりたかったことが、どんどん増えていっちゃうわ。

もう我慢しない。

言いたいことを言ってやる。

そして、真実を知る。

ルイスが変わってしまった理由を……

浮気相手に本気になったから、私のことはどうでもいいのだと、十年前、私に同情して結婚したのだと、そう思って目をそらしてきたことに決着をつける。

離婚したのに、後から後から知らない真実が飛び出してきた。

まさか、二十五年前に前国王様が起こしたことがすべての発端だなんて……壮大すぎて逆に笑ってしまう。

真実を知るという意味では、私はやりとげたことになるのかしら？

ルイスも私も、権力者にいいように振り回されていたのね……

本当、くだらないわ。

くだらなすぎて、ルイスへの怒りもくだらなく思えた。

「ルイ……」

「っ！　ここにいるよ」

ひどい顔ね。

「ずっと一緒だ。これから先も……」

悲しい笑顔に胸が軋《きし》んだ。

彼は……死ぬつもりだ。

だから、取り乱さずにいるのね。

「あの言葉……覚えて、る？」

「あの言葉？」

「プロ、ポーズ……の」

『ずっとお慕いしておりました。世界中が貴女の敵になろうと、俺が貴女を守ります。どうかこの先の未来を俺と共に歩んでください』

「……君のいない未来来を、歩けない」

「いる、わ。貴方が……生きてる限、り」

その記憶の中に。

「私を、守ってくれるんでしょ？」

ルイスの目から涙がこぼれた。

「あぁ、守るよ。この命が尽きるまで……。生涯、君だけを守るよ」

「長生き……して、幸、せで……いて」

「っ！　……無理だよ」

「……ルイス、あの丘に……行き、たい。もう一度、あそこに……」

どこで死にたいか考えた時、思い出の詰まったあの丘がいいと、私はずっと思っていた……

◇◇◇

ガサッ……ガサッ……

眩しい光を感じる。

朝日が昇り出したのね。

「アニータ。丘に着いたよ」

ゆっくりと目を開ける。

丘いっぱいに咲くシロツメクサが朝露で輝いて見える。

綺麗ね……。あの頃と変わらない。

「寒くない？」

「平気……よ」

風が気持ちいい。

昨日よりも息がしやすい。

相変わらず体は動かないが、痛みは感じない。この胸の魔石がすごいのね。

「直接……座りたい」

「体が冷えるよ」

「大丈夫。今は……調子がいいの」

彼はしぶしぶ私をシロツメクサの上に下ろし、隣に座った。私の頭を彼の肩にもたれかけさせ、背中を支えてくれている。お尻が少しひんやりする。

思えば、こんなに落ち着いて座ることもなかったわね。

両親の事件から十年、ひたすら走っていたように思う。

残りの人生を誰かのために捧げようと決めていた。違法カジノや違法奴隷の被害にあった方々に

報いるために、自分の罪悪感から逃げるために。

私の贖罪《しょくざい》もここまでね……

「ルイス。今まで……ありがとう」

「っ！」

「あの時、貴方がいたから歩けたの。貴方が一緒に歩いてくれたから……ここまで来られた。ありがとう……」

なんだろう。

とても清々しい気持ちだわ。

「俺は……俺は君に……お礼を言われる資格が」

大きな体が小さく見える。

「許すわ……。全部許す」

この瞬間、彼のことを憎んだら嫌だなとか、恨み言ばかり思い浮かんだら嫌だなとか……そんなことを思ってた。

だから病気のことを彼に伝えなかったし、伝えたくなかった。

でも実際は、そんなこと思わなかった。

ただ、すべてがどうでもよくて、すべてに感謝しかない。私、こんなに幸せでいいのかな?

「貴方のこと、許せないと思っていた。ルイス、貴方が好きよ。大嫌いで、大好き。私バカよね、でも好き……。どうか……この先の未来を……貴方のために……歩んで」

少しでも、貴方の心が軽くなりますように。

「君は優しいな。残酷なくらい……」

「……そうかもしれないわね」

「罵って、くれたほうが……」

「嫌よ。疲れる……」

涙を流す彼が、大きく目を開いた。

「私に悪いと思うなら、……生きて。私みたいに……幸せになって。私、今、幸せだから」

風に吹かれて体がぐらついた。

もう、座っていることも難しいようだ。

咄嗟《とっさ》にルイスが抱きしめてくれた。

「……もう帰ろう」

「もう少し……一緒に横になりましょう」

「……」

たくましい腕を枕に、私達はゆっくりと地面に寝転んだ。

ルイスが昔から愛用している爽やかな香水の匂いもした。

この匂い、好きだったな。

「ルイス……。私の手を貴方の目に……」

「？　こうかな？」

動かない手を彼の目に当てさせ、私は治療魔法を施した。

「え⁉」

「じっと……。カッコいい顔……台なし」

よかった……まだ使えた。

「気持ちいいよ」

「ふふ、良かっ……た……」

あぁ……視界が霞んできた……

「アニータ……」

「ん？」

「ありがとう」

「……うん」

大好きな人の『ありがとう』が最期に聞けて、私って本当に幸せだわ。

エピローグ

「私の体を、臓器移植の研究に使ってほしいんです」

それが、先輩の願いだった。

早朝、先輩のベッドがもぬけの殻になっていたので驚いた。

少し目を離した隙に、ルイス騎士団長が連れ出していたのだ。

『シロツメクサの丘に行く。アニータの願いを叶えたい』と、置き手紙があった。


「ルイス騎士団長、先輩を離してください！」

俺が二人を発見した時には、すでに先輩はシロツメクサの丘で息を引き取った後だった。

ルイス騎士団長は亡骸を抱きしめ、声も出さずにただ泣いていた。

引き剥がそうとしても動こうとはせず、エル様お手製の強力な睡眠薬を嗅がせなければ、何時間でもあのままだったのではないかと思う。

クロノスディレイ状態を維持できていたためか、先輩の臓器摘出は無事成功した。

心臓、肺、眼球摘出手術は神業だった。

助手を務められたことを光栄に思う。

エル様は来る時に乗ってきたという飛行船に乗り、先輩の臓器を持って一足先にボルティモア王国に旅立った。


俺達は屋敷に残されていた馬車を使い、五日かけて王都に戻った。

王都にはすでに先輩の訃報が届いており、その死をいたむ者が教会に列をなしていた。

俺は知らなかったが、先輩は定期的に孤児院の子供の健診をしたり、教会で行っている炊き出しに参加し、無料の健診をしたりしていたそうだ。

誰かが道端でうずくまっていたら、すぐに声をかける先輩らしいと思った。


ルイス騎士団長は、教会に安置された先輩の亡骸を自身の屋敷に連れて帰ろうとしたが、離婚しているため、教会の許可がおりなかった。

その時の顔は、悲愴と自嘲に歪んでいた。

それを見たヴィッセル公爵が、「すまない……」と物陰で頭を下げていたのを見た。

「早すぎるわよ……。これから……、これから、貴女と関係を……。あの頃できなかったお出かけをして、揃いの髪飾りを贈ったり、お忍びでカフェに行ったり……もっと、話したかったのに……」

また、人がいなくなった深夜、先輩の棺前でヴィオレット王太子妃が涙を流していたのを、たまたま通りかかり目撃もした。


先輩の亡骸は燃やされ、真っ白な灰になった。

本来ならば、平民の共同墓地に葬られるのだが、レオン王太子、ヴィッセル公爵の働きかけにより、故郷の元ヤーマン伯爵領――後にルイス・ダグラスを領主とするダグラス男爵領となった――にある、シロツメクサの丘で眠っている。

新聞で知った内容がほとんどだが、それぞれのその後を語っておこう。

ミュラー侯爵は亡くなったが、謀反《むほん》の首謀者として裁かれ、侯爵家はお取り潰しになった。だが、ミュラー侯爵の墓は国王の指示によりシャーリー・リバプール嬢の隣に設けられた。

シレーヌ嬢は、王都から離れた修道院に入ったらしい。

アレクサンドル殿下とマーサ殿は、ミュラー侯爵に強制的に協力させられていたと判断された。そのため罪は少し軽くなり、身分や新たに手に入った財産をすべて剥奪され、国外追放となった。

ミュラー侯爵に追随していた貴族は軒並み摘発された。しかも、ミュラー侯爵の手によってだ。謀反《むほん》の前に、ヴィッセル公爵宛に貴族達の汚職の証拠や、悪行の数々を記した書類を送っていたらしい。王国に対して復讐しようとしていたのか、王国に溜まっていた膿を出そうとしていたのか……。ミュラー侯爵の行動は矛盾しているように思える。常人には理解できないが、ヴィッセル公爵は「あいつらしいな。悪役ヒーローを気取りやがって」と一人呟いていたそうだ。

ヴィッセル公爵は公爵の地位を息子に譲渡し、公爵領の片田舎に引っ越したらしい。ただ、奥様は息子の補佐のために王都に残り別居中だと、ゴシップ紙が報じた。

レオン王太子とヴィオレット王太子妃は、一時期離婚間際かと騒がれた。『女性の地位向上』を目指すヴィオレット王太子妃が、離婚を踏みとどまったのは有名だ。

恐らくだが、ヴィオレット王太子妃は、先輩のような『身勝手な男性に振り回され、犠牲になる女性』を少なくしたかったのだと思う。女性が自分らしく生きていける国にすることで、先輩に報いようとしていると感じた。

しばらく後にレオン王太子が王位を継いだが、人々は真の国王はヴィオレット王妃であると語った。男尊女卑の概念は根強いが、女性の高官や女性騎士団長の輩出など、着実に成果を上げている。

元ヤーマン伯爵領は、レオン王太子とヴィッセル公爵の嘆願により、ルイス・ダグラスへ下賜された。謀反阻止の立役者として男爵に任じられた彼は、慰謝料と領地を受けとると騎士団を辞めた。その後は、領地経営に勤しんでいるそうだ。

ダグラス男爵領に騎士学校を建設したり、医療研究病院を作ったりし、大型の孤児院を設立し、教育向上を全面に押しだし、先輩が亡くなって二十五年経つ頃には、領内の識字率は百％に迫っていた。

『王都を救った英雄』

『次世代の教育者』

他にも彼を称える称号はあったが、とりわけ有名なものはこの二つだ。

ダグラス騎士団長と関係を持っていた騎士ミハイルについては、あまり情報がない。

本当かどうかわからない噂程度だが、騎士団で数人の男と関係を持ち、騒ぎを起こしたために除隊されたとか、痴情のもつれで刺されて死んだなんて話もある。

先輩の葬儀後、俺はエル様を頼ってボルティモア王国に移住した。

本当は一人で行くつもりだったが、ココ嬢とマリオさんも一緒についてきた。

俺はエル様の助手を務め、ココ嬢は研究施設の受付嬢として働いている。とても優秀だと聞いている。マリオさんは画家として活躍する一方で、論文資料で絵に起こしたい場合に、資料作成の手伝いもしてくれていた。

あと……

これは非公式の情報だが、国王陛下がシャーリー様達の墓の前で土下座したらしい。

王妃様やレオン王太子、そしてヴィオレット王太子妃様も。

謀反《むほん》の経緯を知った国王は、すぐにマーサ殿が過ごしていた離宮の捜索にあたり、『マサヨ・リンの品物展示部屋』を発見したそうだ。

さらに、ヘンリー前国王直筆の手紙が何千通も発見された。マーサ殿が死を偽装した日から、彼が亡くなるまで毎日書いていたのではないかと思われる量だったらしい。

この中で、シャーリー様達の事件に関する内容も発見され、マーサ殿の主張は証明されたのだった。


なぜ俺が知っているかと言うと、アレクサンドル殿下も一緒にエル様の研究室で働いているからだ。彼は『アレク』と名前を変え、医療魔道具開発に勤しんでいる。

マーサ殿はすべてを見届けた後、ボルティモア王国に来て一年もしないうちに他界した。最後の顔はとても安らかな表情をしていた。

「エル様に頼まれていた顕微鏡の性能は上がったのか？」

「当たり前だろ。さらに光を反射させることで下から透けるように改良を重ねている」

「それ、前に『目が焼ける！』って騒いでた奴？」

「っ！　もう焼けない！　……理論上はな」

「……テストする時は呼べよ。すぐ治療魔法をかけられるようスタンバイしておくから」

世間一般では、極悪非道の犯罪者なんだよな、こいつ。

だが、一緒に働いて思うが、ただの魔道具一筋の研究オタクだ。

「お前こそ、準備はできているのか？」

「あぁ、患者に薬の投与は終わっているし、道具も完璧だ。あとはエル様が起きてくるのを待つだけだよ」

「……起こしに行ったほうが早いと思うぞ」

「ココ嬢にお願いした」

「……いい判断だ。あの子は遠慮がないからな」

コンコン。

ドアをノックする音がした。

「エイダン君、もうはじまるかい？」

マリオさんだ。

歴史的瞬間に立ち会い、その光景を絵にしたいということで、今回の手術に同席することになった。

長かったような、あっという間だったような。

先輩、貴女の願いは俺が叶えます。

◇◇◇

「っ！」

俺はベッドから飛び起きた。

久しく見ていなかったアニータの夢だ。

シロツメクサの丘にいる彼女に向かって手を伸ばすのに、届かない。

そして彼女は残酷なくらい美しい笑顔を俺に向ける。

『ルイス』

夢で呼ばれているのに、その声が思い出せない……

下を向きそうになる。だが、下を向かないと決めている。

俺はベッドから起き、身なりを整えて執務室に向かった。

まだ、朝日は昇っていない。


「紅茶をお持ちしました」

バレットの声だ。

まだ早朝といえる時間帯なのに、俺のために毎朝紅茶を持ってきてくれる。

「入れ。……すまない、バレット。こんな早くから仕事をさせて」

「とんでもございません。お気遣いありがとうございます」

バレットはにこやかに答えた。

彼もいい年だ。引退して老後をゆっくり楽しめと言っているのに、まだ働けるとずっと俺の元にいてくれている。

彼の白髪頭を見ると、月日が流れたのを感じてしまう。

かくいう俺も白髪頭だがな。

『白髪を生やした、しわしわのおじいちゃんになるまで生きて』

アニータの願いは叶えられそうだ。

「本日は午前中、騎士学校の視察がございます。昼食後はクリケット村の農作業の視察と、村長や村人との意見交換会、その帰りに崖工事の進捗を見に行くご予定です」

「わかった。海岸工事の進捗はどうだ？　その後問題は？」

「高波に備える工事に賛成の声と、海の生きものに対する配慮を求める声が出ていますね」

「そうか……。では、意見をまとめて海の専門家に話を聞きに行く。手配しておいてくれ」

「かしこまりました」

起きたらすぐに仕事に取りかかり、時間が許す限りいろいろな現場に視察に行く。

そんな毎日を二十五年間続けている。

アニータが生まれたこの土地を、より豊かにすることを俺は生涯の仕事だと思っている。

いや……仕事をしていないと、自分を保てなかったと言ってもいいかもしれない。

ふとした瞬間に思い出す。

彼女の後ろ姿、治療魔法を施す真剣な顔、優しく笑う姿。

そして、彼女の墓標に『ダグラス』と記載できない事実を……


「ルイス様！」

騎士学校の視察中に声をかけられた。

「バーランド殿下。また大きくなられましたな」

金髪で青い瞳の学生が駆け寄ってきた。

十五歳になる、バーランド・ロータス・ナイヴィーレル殿下。

レオン王太子、いや、レオン国王とヴィオレット王妃が育てた、この国の第二王子だ。

王家の遠縁の子を、養子として王家に入れたと聞いている。

現王太子である第一王子は三十一歳で、国王夫妻の唯一の子供だ。ヴィオレット王妃の教育の賜物だろうが、父親とは違い、とても誠実な男に育っている。

公務でダグラス領近くを通る場合は、必ずアニータの墓参りをし、深く頭を下げる姿を見る。

「今日は視察ですか？」

「はい、若人達に刺激と激励を送りに」

「それでしたら、今回は僕の当番です！　よろしくお願いします」

騎士学校を視察する時は、特別授業を行うようにしている。

それは、騎士見習いの彼らと領地の騎士とを手合わせさせることだ。そして、時間があれば俺も参加するようにしている。

「それでは、はじめ！」

教師の合図と共に、模擬戦がはじまった。

バーランドはゆっくりと間合いを詰めてくる。構えがしっかりしているので、隙もない。

俺は昔に比べれば筋力も落ち、戦える時間は長くない。

だが、戦えないわけではない。

「はぁぁぁ!!」

バーランド殿下が突進してくる。

剣の軌道にまだ無駄があるが、悪くない。

俺は軽いステップや剣で相手の軌道を変え、柔軟に避けていく。

「くっそ！　掠りもしない」

「攻撃の手を緩めず、相手を見極めるんです。我慢比べだ」

「はい！」

素直な性格は美徳だ。

だが――

バーランド殿下は集中力が切れたのか、スタミナ切れか、剣筋が大雑把になりはじめた。

力任せで上段から切りつける動作に合わせてひらりとかわし、背後に回りこんで剣を首筋に当てた。

力や体力がないなら、余計な動作をなくし、カウンター攻撃に重きをおけばいいのだ。

「参りました……」

「終盤、剣筋が大雑把になっていました」

バーランド殿下が肩で息をしているので、原因はスタミナ不足だな。

「もっと走りこみが必要ですね」

「はい……」

「剣筋や構え、視線運びは悪くないです。ただ、性格が真っ直ぐなせいか、直線的な攻撃が多く、攻撃も単調です。スタミナを上げてフェイントが使えるようになると、さらに向上するでしょう」

アドバイスをすると、嬉しそうな顔をする。

「ありがとうございます！　今後の訓練に生かせるように頑張ります」

清々しい笑顔だ。剣術が好きなのだと窺《うかが》える。

俺の死後、このダグラス領を任せるのはおそらく彼になるだろう。

よくも悪くも、この領地は栄えてしまった。

下手な貴族に下賜するわけにもいかず、国が管理するにしても、影響力が大きすぎるのだ。

また、ヴィオレット王妃もこの土地に思い入れがある。信頼できる人物を置くはずだ。

彼はまだまだ甘いところがあるが、素直で勤勉だ。

学校での立ち回りを見ても人望はあるようだし、彼がどのような青年になるのか楽しみだ。

◇◇◇

俺は今、アニータの墓の前に来ている。

アニータが亡くなった命日は、朝から晩までここにいる。

特に何をするでもない。

彼女の墓の隣に立つ木の陰でのんびりしたり、彼女が幼い頃に読んでいた勇者の物語を読んだり、チーズケーキを食べたりする。

そして、その一年の話を彼女に報告するのだ。

自分は幸せだと、だから安心してほしいと。

木陰で昼寝していると、人が近付いてきた。

「おじいちゃん、起きてる？」

子供だ。おそらく四、五歳くらいだろう。

「そこのお墓って『アニータさん』のお墓であってる？」

浅黒い肌。茶髪に、愛らしい緑の瞳が印象的な女の子だ。

他国の子供のようだ。

「あぁ、そうだよ。お嬢ちゃんもお墓参りかい？」

「うん！　ママを助けてくれたから、お礼を言いに来たんだって。ママが言ってた！」

『ママを助けた』？

「シア～。一人で先に行くんじゃない」

「パパ～！　ママ～！　このお墓で合ってるって」

丘を男女が登ってくる。

女は息を切らしながらゆっくり歩いてくるのが見えた。

「大丈夫か？」

「えぇ。それより、シアをお願い」

「わかった。シア～」

男は小走りでシアと呼ばれた少女に駆け寄った。

「このおじいちゃんが教えてくれたよ」

「え!?　お休みのところ失礼しました」

「なに、構わんよ。元気があってよろしい」

「恐れ入ります」

男は礼儀正しく頭を下げてきた。

少女とよく似た風貌だ。

綺麗な姿勢でお辞儀するので、貴族か……騎士か……。年齢は二十代後半くらいだ。

「シア、こちらの方に謝ったの？　ごゆっくりされている中、邪魔してしまったのでしょ？」

「邪魔してないよ！　お墓で寝てるから、アニータさんを呼んでくれる人だと思ったの」

「まぁ！　……本当に申し訳ございません」

遅れて合流した女も頭を下げた。

その体が少し揺れた。倒れるかと思い手を伸ばしかけると、男がしっかりと支えた。

「大丈夫か？」

「えぇ、ありがとう」

「ママ、また心臓が痛いの？」

家族が集まり、仲睦まじい姿を羨ましく思う。

俺も……アニータとこんな風に寄り添い、可愛らしい子供に囲まれた、温かい家庭を築きたかった。

不意に女と目があった。茶髪で青い瞳。見たことがない女だ。

「ルイス……」

女が呟いた。そして、突然涙を流しだした。

「え？」

女自身、自分の行動に驚いている。

「大丈夫か!?」

隣の男が狼狽している。

「わからない……。突然涙が……『ルイス』って頭から離れないの」

「そうか……。アニータさんが何か訴えているのかもしれないな。急いで領主様のお屋敷に向かおう。お会いできなくても、お願いされた手紙を渡してもらおう」

「失礼。アニータが訴えるとはどういうことだ。手紙とはなんだ」

思わずその家族に詰めよってしまった。


アニータの手紙？


「彼女は生きているのか⁉」

俺の行動に驚いたのか、男が女と少女を庇うように立った。

「何ですか、突然」

警戒した声だ。

「すまない、興奮した。俺がルイスだ。領主のルイス・ダグラスだ。アニータの手紙があるのか？　君達は彼女の何なんだ？　かっ、彼女は生きているのか？　彼女に会わせてくれないか？　お願いだ」

男女は困惑しながら顔を見あわせた。

「……申し訳ないのですが、彼女は二十五年前に亡くなっていると聞いています。我々も彼女と面識はありません」

「そう……か……」

俺はきっと情けない顔をしているのだろう。彼らが向ける目がこちらを気遣うような色をしている。

「そうだ、よな……。彼女は……俺の腕の中で亡くなったんだ。生きているわけ……ない……」

彼女の墓に視線を向ける。

「あの……アニータさんが亡くなる前に書いた手紙を持っています。研究が成功した時に、貴方がご存命で、妻や恋人がいなかったら届けてほしいと言い残されたそうです」

「研究？」

「臓器移植の研究です。……私の心臓は、アニータさんの心臓です」

「なに？」

女をまじまじと見てしまう。

彼女らの話によると、アニータは亡くなる前、エル殿とエイダン殿に自分の体を臓器移植の研究に役立ててほしいと願い出たそうだ。

クロノスディレイの技術を駆使し、アニータの臓器はずっと保管されていたらしい。

「私は、数年前に心臓を悪くしてしまい、余命宣告を受けてました。藁《わら》にもすがる思いでボルティモアの医療研究所に連絡をし、臓器移植の実験に参加しました。……その……失礼ですが、奥様か恋人は？」

「……アニータ以外、望む人はいない」

女は手紙を差し出した。

何年経とうが、アニータの筆跡は忘れない。

彼女の文字で『ルイスへ』と書いてある。

それだけなのに、目頭が熱くなる。焦る気持ちと震える手でなかなか開けられないが、慎重に封筒を開け、中の手紙を取り出した。

『愛するルイスへ
貴方の幸せを願っています。

心の慰めになればと思い、これを残します。

アニータ』

そして、アニータのサインが入った婚姻届が入っていた。

それを見た瞬間、涙が溢れた。

「っ……うっ……」

『ただいま、ルイス』

思い出せなかったアニータの声を聞いた気がした。

彼女が亡くなる直前、『全部許す』と言ってくれたが、許せなかった。自分が自分を許せなかった。

ずっと後悔していた。

死にたいと、一日に何度思っただろうか……

彼女の墓の前でこの命を投げ出したかった。けれど、彼女の『生きて』と言う言葉が、俺をこの世に留まらせた。そして、償いもしないで死んだら、死んでも彼女に会えないと……そう思った。

『幸せになって』

彼女の願いは残酷だ……

『幸せ』なんかどこにもない。

どこを探したって見つかるわけがない。

俺の幸せは『アニータ』そのものだから。

俺は大バカ野郎だ。

目先の事柄に囚われ、一番大切にしたかった彼女を、一番傷つけた。

俺が彼女を追い詰め、離婚を決断させた。

彼女との繋がりが断ち切れてしまった現実に、打ちのめされていた。

彼女の優しさが嬉しい。死んでもなお、俺を気遣う心が……

婚姻届が、何よりもの救いだ。

『私は幸せだよ。ルイスは幸せ？』

聞こえないはずの声が頭に浮かんだ。

アニータが、シロツメクサの丘で屈託ない笑顔を向けているように感じた。

「お帰り、アニータ。あぁ、幸せだよ。今、とても……」

俺はアニータの墓に向かって呟いた。

嘘偽りのない、この気持ちを。

◇◇◇

その後、ルイス・ダグラスは結婚した。

相手はもちろん、アニータだ。

死者との婚姻に教会側は当初難色を示したが、サインがアニータの直筆であると証明されたことと、レオン国王やヴィオレット王妃、現王太子の嘆願が後押しとなり、書類上での婚姻を認められた。

また、エル、エイダン、アニータの連名で発表した論文は医療業界に衝撃を与え、その後の医療発展に大きく貢献した。歴史の授業で『有名な偉人』として、アニータ・ダグラスとルイス・ダグラスの名前は誰もが知るものとなった。

また、『死後に届いた手紙』という題で二人の生涯を描いた劇や小説が、空前の大ヒットとなり、人々に語り継がれるのだった。

ダグラス領にあるシロツメクサの丘は恋人達の聖地として有名になり、丘の上に二人の墓が並んで建てられていた。

『ルイス・ダグラス』

『アニータ・ダグラス』

シロツメクサの丘は、今日も気持ちのいい風が吹いている。

この作品に対する皆様のご意見・ご感想をお待ちしております。
おハガキ・お手紙は以下の宛先にお送りください。

【宛先】
〒 150-6019 東京都渋谷区恵比寿 4-20-3 恵比寿ｶﾞｰﾃﾞﾝﾌﾟﾚｲｽﾀﾜｰ 19F
（株）アルファポリス　書籍感想係

メールフォームでのご意見・ご感想は右のＱＲコードから、
あるいは以下のワードで検索をかけてください。

アルファポリス　書籍の感想　検索

ご感想はこちらから

本書は、「アルファポリス」（https://www.alphapolis.co.jp/）に掲載されていたものを、
改稿、加筆のうえ、書籍化したものです。

死《し》ぬまでにやりたいこと　～浮気《うわき》夫《おっと》とすれ違《ちが》う愛《あい》～

ともどーも

2024年 5月 5日初版発行

編集－星川ちひろ
編集長－倉持真理
発行者－梶本雄介
発行所－株式会社アルファポリス
〒150-6019 東京都渋谷区恵比寿4-20-3 恵比寿ｶﾞｰﾃﾞﾝﾌﾟﾚｲｽﾀﾜｰ19F
TEL 03-6277-1601（営業） 03-6277-1602（編集）
URL https://www.alphapolis.co.jp/
発売元－株式会社星雲社（共同出版社・流通責任出版社）
〒112-0005 東京都文京区水道1-3-30
TEL 03-3868-3275
装丁・本文イラスト－桑島黎音
装丁デザイン－AFTERGLOW
（レーベルフォーマットデザイン―ansyyqdesign）
印刷－中央精版印刷株式会社

価格はカバーに表示されてあります。
落丁乱丁の場合はアルファポリスまでご連絡ください。
送料は小社負担でお取り替えします。

ISBN978-4-434-33635-5 C0093